杨柳依依

田秭援 著

北方文艺出版社

图书在版编目（CIP）数据

杨柳依依 / 田秭援著. -- 哈尔滨：北方文艺出版社，2021.3
ISBN 978-7-5317-5050-5

Ⅰ.①杨… Ⅱ.①田… Ⅲ.①诗集—中国—当代 Ⅳ.①I227

中国版本图书馆CIP数据核字(2021)第017371号

杨柳依依
YangLiu YiYi

作　者 / 田秭援

责任编辑 / 路　嵩　滕　蕾	封面设计 / 李洪双
出版发行 / 北方文艺出版社	网　址 / www.bfwy.com
邮　编 / 150008	经　销 / 新华书店
地　址 / 哈尔滨市南岗区宣庆小区1号楼	
印　刷 / 北京瑞达方舟印务有限公司	开　本 / 787×1092　1/16
字　数 / 315千字	印　张 / 22
版　次 / 2021年3月第1版	印　次 / 2021年3月第1次印刷
书　号 / 978-7-5317-5050-5	定　价 / 88.00元

作者 1962 年 10 月大学毕业实习时留影

作者（中）年幼时与母亲（右一）
及叔叔（左一）

作者与妻及女儿

作者与妻在南海之滨

全家福

作者（右三）和妻（左三）与女儿及侄女

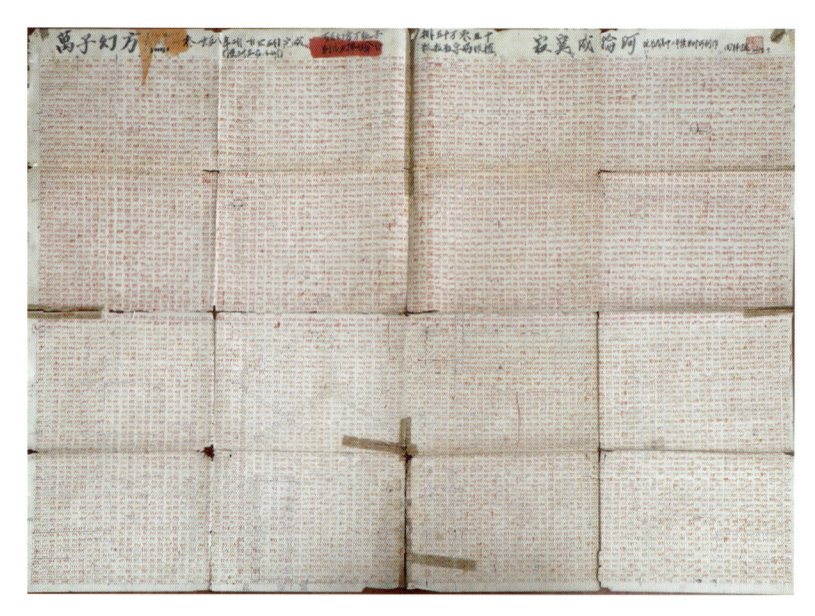

1958年2月作者高二时创制的《万子幻方》

《万子幻方》之局部

诗性创作高地上的升旗仪式

——田秭援学兄《杨柳依依》诗集评序

王宝大

我的学兄田秭援，自20世纪90年代以来，陆续创作了以《秋水长天》为代表的五部自由诗集，以《品读心香》为代表的三部散文诗集，以《血热关河》为代表的散文传记作品，一直到今天即将付梓的这部《杨柳依依》自由诗集，这些作品说明他在诗性创作的高地上正在举行一场隆重的升旗仪式。其实仪式只是旗帜本身向天空的宣示，而旗帜上的文字和意义作者早就用刻苦与汗水铸就好了。那么，这场升旗仪式又在向我们宣告什么？田秭援的文学事业又在说明什么呢？

一、从传统观念走向与现代意识的融合

以我对秭援学兄诗创作的理解与感悟，我以为从他的第一部诗集《梦之花季》（20世纪90年代）的出版，到现在的这部诗集《杨柳依依》，在创作的指导理念、传达方式、作品意蕴上，在这三十年间似乎经历了一个令人瞩目的"三级跳"。通过这个"三级跳"的跨越与锻造，他现在的诗作完全可以与国际诗坛相契相谐了。这就是说，将他现在的诗作放在其他国家和地区，那里的人们照样可以顺利接受并没有任何障碍。说明他的诗表达了人类共通共约的东西，而不是只局限于在一个国家一个地区之内。这是他诗创作内质的一个巨大提升。

田秭援的诗是学者的诗，是富有哲学意蕴的诗，是充分体现诗性智慧的诗。在大学期间他系统学习和接受过三个诗学精神，即中国古典文学诗学精神、中国现代新诗诗学精神和外国文学诗学精神。在他的诗歌创作过程中，以《秋水长天》为代表的前五部作品，尽管也有外国文学中的现代主义诗学意识的体现，但囿于当时的境况及时人的心态，他的诗学精神

所体现的还主要是中国古代文学传统精神与五四以来中国新诗诗学传统精神。也可以说是这两种精神的集结。他的以《品读心香》为代表的三部泰戈尔式的散文诗集，由于书写方式的变化以及气势的舒缓令他更好地进入了华兹华斯所说的"沉思期"、掘进期。更由于他学习和接受了大量现代派诗作，这使他终于完成了一个质的蜕变，到了这部《杨柳依依》他已经完全进入了中国现代诗的行列之中。

不错，仅从形式上看，人们很难发现他诗歌创作的现代化进程，甚至还会觉得现在的这部诗集和以前的诗集比也没有多少变化。是的，这仅仅是从表面上看的，而没有细细玩味他诗的底蕴。因为所谓的现代化主要表现在诗的现代创作理念上。从源头上讲，现代主义"专门研究和探索人的主观世界、感情世界、心灵世界的奥秘，锐意开掘意志、观念、本能、直觉等人的深层次心理机制"。在当下，即深入探求随着社会的变化所面临的种种心理问题的痛苦思考和努力解决上。在这一点上，你只要认真阅读和推敲一下中国当下体现先锋意识的诗刊《诗歌月刊》上的一些诗，再仔细对照一下近三十年来两位诺贝尔文学奖获得者托马斯·特朗斯特罗姆（2011年）和希姆博尔斯卡（1996年）的诗，你就会惊奇地发现，田秭援的诗在现代意蕴的传达与抒写方式上绝不落伍。为此，让我们顺便来欣赏他的一首诗：

> 我和我的黄昏
> 我每日都有爱不释手的黄昏
> 我喜欢苍茫的黄昏，和
> 黄昏的苍茫
> 在苍茫中，我依稀
> 凝视了我一生的黄昏，从而
> 料定此一时刻，正是
> 我生命的黄昏

莫道黄昏不倾城，聊书云影
依偎情，临风构句怀良友
裁诗检数养心宁
我该怎样谱写黄昏之歌
学落红一样沉静
学数理一样达观

我依恋黄昏
因为它为心灵准备了殿堂
我膜拜黄昏
不只为了我的柔肠，更是
为了我的初心

  读这首诗，要特别注意它的两点。第一点它的韵味。诗人写的是黄昏，实际上是对寥廓宇宙茫茫时空的一种深邃感叹，是对宇宙原始生命存在的深情叩问，当然也一并涵盖了诗人自己的种种经历和沧桑之慨，可谓一言难尽，大有"念天地之悠悠，独怆然而涕下"的感受。但诗人又逃离这种窠臼，将黄昏既视为流逝中的一瞬，又视为宇宙中的永恒。并且在这个特殊的节点上获取一种生命特有的感悟，同时将这种特有的生命感悟，储存在这金黄色的时空里。于是通过"黄昏"这个契合点，将这一复杂的"生命与时空"的感悟不动声色地恬静地书写出来了。诗歌有许多永恒的主题，这也是不可或缺的一个。这种体悟和意识，正是人类共通共有的。第二点，诗的"嵌入法"。为了突出诗的某些内涵和重要传承，不管是中国诗还是外国诗都有"嵌入法"的运用，例如中国古典诗词的用典和化用。在这首诗中，作者匠心独运地将宋词的句式风格嵌入其中："莫道黄昏不倾城，聊书云影/依偎情，临风构句怀良友/裁诗检数养心宁。"

  诗是现代诗，句是宋词风，韵是宋词味，但两者又浑然一体，了无痕迹，玩味起来真是别具一格。

一斑窥豹，仅通过这一首诗的分析，我们便看见，作者是怎样将中国古代文学传统诗学精神、五四以来中国新诗诗学精神以及西方文学诗学精神融合在一起的了。其实地球上的文学现象（包括潮流）像风，刮来刮去是正常现象，而封闭才是不合规律的。

二、高层次精神领地的攀登

细读秭援的这部诗集《杨柳依依》，你就会惊奇地发现：社会万物，宇宙诸法，大千世界都让他一一写遍了，且既有历史的，又有现时的。他的笔，他的键盘，不，是他的思维、他的想象、他的构思，弥漫了人类所要书写的所有空间和领域，甚至连最不易察觉的细节他都没有错过。或许也可以这样判断，他本身就是一个极其灵敏的生命感应器与情感的珍藏之库。在以往的漫漫岁月中，不管他是贫还是富，也不管他是位高还是位低，在真实的生命感受面前，他都像一个卑微的勤勉的拾荒者。凡是他认为有用的、可感悟的、有价值的，哪怕是一滴露珠、一片落叶，他都小心翼翼地收藏起来，放进自己珍爱的仓房里。他不加整理，只顾积累，只是琳琅满目地放着。正如那位美学家所说"但做好事，莫问前程"。无数岁月悄悄流过，可现在一回首一凝眸才惊愕发现，这是一个多么巨大的生命感悟与情感的宝库啊。无限丰富，开采不尽，尽管已用去很多，但不见减少。而此时，这富矿的主人，这瑰丽珍宝的存者又是感到多么充实。在那宝库里面盛满了人类黄金般的生命体验、理想追求和构筑华美诗章的原始材料。世上还有比阳光、果实、黄金情感更美好的东西吗？而秭援现在拥有了这一切。虽然他已临耄耋之年，但他永远站在阳光里，朝阳映照着他红红的面颊格外绚烂。而那就是他生命的真正颜色。

或许有人要问：诗人田秭援到底在追求什么呢？难道他不知疲倦就是为了观察、感受以及书写世界上的一切外物吗？他有写作癖吗？绝对不是！他是在用有温度有向度的笔、用苍劲的手、用炽热的心，在触摸、在描摹、在攀登人类高阶的精神领地啊，那才是人类灵魂的栖息之所。有了它，一切变得阳光明媚，鲜花盛开；没有它，将一派荒凉，满目萧然。那么，什么又是精神呢？简单说就是指"人的意识、思维活动和一般的心理状态。

为物质运动的最高产物"。这应是诗人田秭援在追求和发掘的终极目标。因为在这个精神王国里,人们的脾气、秉性、理想、追求以至灵魂都真实地显露出来,而没有做作、虚伪、欺诈和蒙蔽,是世界的真实面貌。高尔基早就提出"文学是人学"的著名观点。但人学的核心是什么?窃以为,人学的核心就是人的精神层次、精神追求。从这个角度说,秭援的诗歌创作是在更深层次上开掘高尔基"文学是人学"的意蕴。西方哲人海德格尔提出"诗意地栖居"的命题,这对当下动荡不安的人类生存来说,是十分美好的。那么怎样才能实现海德格尔的理想呢?就人自身来说,提高其精神层次并上升到诗的层面才能达到。秭援不仅自己实现了"诗意地栖居",而且还在召唤我们进入这种"诗意"境界呢。

三、江小笠:一个隐于诗学意蕴深处者身份的开发

在田秭援所有的诗中,经常出现一个叫作"江小笠"的名字。作者自称这是他的笔名。但详加观察与分析,人们发现这个"江小笠"存在的意义,绝不止于一个简单称谓符号的笔名,而是有着丰富、厚重、深邃的诗学内涵。玩味起来,其义不尽。而这个神秘的"江小笠",在20世纪60年代初读大学时,作为他的小说《青春与华夏》的主人公始现。她如一个坚贞的附伴,从那时起就一直附在作者身上,用"神秘主义诗学"来阐述,还时时显现不少"灵迹"呢。其实"神秘主义"就是宇宙浩瀚生命状态的一种体现。

首先,江小笠是作者诗歌创作灵感的丰富源泉。从诗歌生成学(即创作论)来讲,灵感是诗歌产生的源头,有了灵感作品将源源产出,所以无数诗人都在内心深处暗暗祈祷灵感的君临。但灵感作为一种"感",毕竟是一种大的范围,尚不具体,且有些朦胧。而作为一首具体的诗,其"遇合点"即触发点才是它现身的核心,直白地说也就是"诗意"。从这里我们看到:遇合点才是神秘灵感的落实处和具体的诗旨。而所谓"遇合"是外物之状与内情之感相碰撞相融合的产物。如陶渊明的"采菊东篱下,悠然见南山"之景观与其内情"结庐在人境,而无车马喧"之意完美结合起来一样。在田诗中,不管作者在老屋、在江边、在树下,或在车行的路上,只要江小笠的身影一闪现,诗人就会立即伏案于室,或存储于心。那时他

的诗也就自然流淌出来了。没有做作，没有文饰，像山泉那样必然涌出，是诗人生命运动的一种形式。你甚至分辨不出它是写出来的，还是作者从灵府分泌出来的。江小笠这个灵感的护持者，她有体貌，她有容颜，她甚至还携带着身上特有的芬芳。正像有的文学家所说的那样，她像安多纳德、沙恭达罗、像林黛玉、像冬妮亚，她的来临，令诗人立即沉入着魔似的极其兴奋的创作状态之中。

其次，江小笠是作者精神追求上"最后的情人"。《最后的情人》是我国当下先锋派小说作家残雪的代表作之一，我读她的作品，是由阅读2018年、2019年两届诺贝尔文学奖获得者的作品而引起的，因为当时英国某个博彩公司猜测她排在提名名单的第三位。在这部小说中残雪向世人提出一个深刻的哲学命题：在当下动荡多变的社会条件下，到底谁是我们生活中真正心心相印、可亲可爱的最后情人？作者通过刻苦地探索，最后得出结论：就每个人的个体而言，在思想、情感、心灵、理想、追求、秉性、爱好等方面完全相合相印的人，才称得上你的"最后的情人"。在现实生活中，这样的"情人"其标准是极高的，甚至不可企及。即使拥有金婚或银婚的夫妇，也不敢说双方都是对方"最后的情人"。所以我们才说，残雪提出的问题是一个哲学命题，尽管高，但应追求。然而，江小笠之于田秭援却是一对"最后的情人"。因为他们两个性情吻合，脾气相投，追求一致，同心相应，同气相求。江小笠与田秭援这种"一人双身"的理论阐释只有弗洛伊德才能阐释清楚，即田秭援的"本我"与"自我"在江小笠这个"超我"面前，通过"移植"和"升华"从而达到更高的"社会和文化"层面上了。正因为如此，江小笠才赋予田秭援的审美情感以更高、更纯洁、更多含金量的品格，对诗人来说，这正是诗歌创作中最重要的部分——动力部分。没有动力，任何事物都不能生长与推动，无论有机物还是无机物，诗也是如此。有了这个动力，在遇合点的引领下，才能腾飞想象的翅膀施展才情构思，呈现瑰丽画面，产生华美诗章。

最后，江小笠还是作者艺术产品最真诚最权威的鉴赏者和批评者。江小笠的存在，使作者顺利产出了大量高品质的诗作，这只是作用的一个方面；另一方面江小笠还在作者完成诗作之后，又充当了另一个重要角色——鉴赏家与批评家的角色。并且由于她前期的参与，而在这后期就显得更加准确，切中要害，所进行的艺术鉴赏和审美批评就更加可信可靠，切实无误。现在作者身旁有一个江小笠这样真诚无私的鉴赏者和批评者相伴相助，且无时不在，随时随地都可得到她热情帮助，这对田秭援来说是何其巨大的幸福啊！写到这里，使我想起普希金在创作诗剧《鲍里斯·戈都诺夫》的情境。深夜，他极度兴奋地写完，便倒头大睡。第二天，当他读自己昨夜的手稿时，不禁大惊，拍案高叫："这是我写的吗？"我们看到，昨夜的普希金是创作高潮中的普希金，他精神亢奋，创造力极盛，处于巅峰状态；今晨的普希金是心态平静的普希金，是普通读者与鉴赏者的普希金，此时读自己的作品也如同读别人的作品一样，他的惊呼其实毫无矫情与夸饰。这样观察，你就很好理解江小笠之于田秭援的巨大作用。

总之，通过江小笠的设定、描摹和感悟，人们发现在田秭援身上有一个极其珍贵的自励调节和自足系统。在这个生命系统中，疾病可以排除，身体永葆健康，苦痛可以化解，生活充满朝气，心态永远阳光，灵感随时君临，遇合丰硕多彩，想象无限瑰丽，作品源源而出。一句话，这个系统令他活力四射，青春永葆，人生价值充实而饱满。而这一切是江小笠所赐予。

序的最后我要说，有江小笠的呵护，秭援的一切都会好。望着他在诗性高地上升起的又一面内涵饱满而夺目的旗帜，我只有深深的祝福我的学兄，秭援！

2020 年 2 月 10 日于哈师大

目　录

卷一　慧日朝朝

我生命中的五个女子 …………… 03
在树叶的绿里 …………………… 05
四月的春意 ……………………… 07
珍惜眼前 ………………………… 09
静静的时光 ……………………… 10
沉　默 …………………………… 11
在老屋我面壁沉思 ……………… 12
贴在老屋墙上的福字 …………… 13
禹建一幅童心的画作 …………… 14
清晨一路走来 …………………… 15
相伴的云 ………………………… 17
天气预报增看了城市 …………… 18
好久不见信了 …………………… 19
我喜欢拂过的微风 ……………… 20
清晨谁来伴我 …………………… 21
为了一个标点 …………………… 23
有时感伤来了 …………………… 24
到处是书的屋子 ………………… 25
我老的时候 ……………………… 27
我行进的路上 …………………… 28

老屋的寂静 ……………………… 29

妻的叮咛 ………………………… 30

罕有的生日蛋糕 ………………… 32

每日都有许多邂逅 ……………… 33

我和我的黄昏 …………………… 34

携手孤独的数独 ………………… 35

我给大青叶浇水 ………………… 36

现在的时间过得太快了 ………… 37

参加禹建本科毕业典礼 ………… 38

絮絮叨叨的日子 ………………… 39

我的寂寞 ………………………… 40

另一种孤独 ……………………… 41

又是一个早晨的功课 …………… 42

清晨的空旷里 …………………… 44

放清风进来 ……………………… 45

雨中行 …………………………… 46

清晨的天空 ……………………… 47

车流与人流通过早晨 …………… 49

风之歌 …………………………… 50

一剪风 …………………………… 51

大地的盛意 ……………………… 52

春草青了 ………………………… 53

短暂的春 ………………………… 54

惜　春 …………………………… 55

婆婆丁 …………………………… 56

满院的丁香馥郁 ………………… 57

一念紫花地丁 …………………… 58

五月风中的树叶	59
晨光苍茫	60
五月将最后的几天泡在雨里	61
又是柳絮飞舞时	62
我走进夏日的怀抱	63
那次来到有水草的地方	64
柳絮飞白的时候	65
清晨的校园	67
六月的叶片	68
六月之思	69
我想慢慢走过这一季	70
初　夏	71
夏日雨后城市的早晨	72
向日葵你再长高夏天就要过去	73
夏意葱茏	74
野草由绿转黄了	75
一个人看落叶	76
秋日在落叶里	77
落叶含香	78
阵阵飘落的树叶	79
霜降诗纪	80
初　雪	81
十一月初的早晨	82
我等待雪花的飘落	83
让人亲近的一个冬日	84
雪落的声音	85
写给初冬的十四行诗	86

面对冬日的小橘树 …………………………… 87
都市冬日早晨的风 …………………………… 89
我的芳邻 ……………………………………… 90
静夜思 ………………………………………… 91
呼喊一声蓝天上的白云 ……………………… 92
这些我都有 …………………………………… 93
时光匆匆 ……………………………………… 94
亲昵真趣 ……………………………………… 95
脑海里总有波涛在荡漾 ……………………… 97
希冀永远都在 ………………………………… 98

卷二 回瞩沉沉

警　语 ………………………………………… 101
幻出妈妈的摇篮曲入梦 ……………………… 102
那些美美的月色 ……………………………… 103
母亲节怀念母亲 ……………………………… 104
创造的童年 …………………………………… 105
最愿梦着小的时候 …………………………… 106
我还记得母亲和伯母的乳名 ………………… 107
这个雨夜只想母亲 …………………………… 108
不经意闪现的往时 …………………………… 110
便捷的联系太晚了 …………………………… 111
车轴山中学的怀思 …………………………… 112
姥家的祖籍在于潮庄 ………………………… 114
叔叔喜欢我写的文字 ………………………… 115
振文大舅的"一饭之恩" …………………… 117
想起我的师长们 ……………………………… 118

深韧纠葛的芦根 …………………………… 119

飘来故乡的云 ……………………………… 120

忽然想起故乡的水泡子 …………………… 121

梦中的故乡 ………………………………… 122

我读地图 …………………………………… 124

怀念老家 …………………………………… 125

世事沧桑说月色 …………………………… 126

月色里的少年 ……………………………… 127

许多记忆留在少年 ………………………… 129

当我少年时 ………………………………… 131

那些草绿了的少年 ………………………… 132

雨中奔跑的我 ……………………………… 133

再次回眸，仍是少年 ……………………… 134

我少年风景的回望 ………………………… 135

向谁倾诉 …………………………………… 136

念　想 ……………………………………… 137

柔情蜜意者谁 ……………………………… 138

校园的小路 ………………………………… 140

忆图书馆里的静 …………………………… 142

礼堂里的记忆 ……………………………… 144

在心的江咏絮师长 ………………………… 146

还记得《西洲曲》那一课 ………………… 147

从那个春晨我懂得想你 …………………… 148

草叶上的露珠 ……………………………… 149

夏日乡下夜 ………………………………… 150

蝈蝈鸣唤秋声 ……………………………… 152

昨日安静了 ………………………………… 153

走向明天和前方 …………………… 154
大青叶的绿 ………………………… 156
岁月里的风声 ……………………… 158
往事苍茫 …………………………… 160
往日的痕迹 ………………………… 162
这些都不在眼前 …………………… 163
致我的《万子幻方》的十四行诗 ………… 165
从前我看到炊烟就感到安定 ……………… 166
淡远悠然 …………………………… 167
梦里的月光 ………………………… 168
风中一客忆初心 …………………… 169
岁月已经集成这把年纪 …………………… 171
写在高中同学集会前夕 …………………… 172
五十九年后的集会 ………………… 175
再不相聚我们就真的老了 ………………… 177
到了离不开怀念的时候 …………………… 179
我抵达许多年之后 ………………… 180
我怀念徐来的小风 ………………… 181
不渝的草恋 ………………………… 182
不泯的芦苇之恋 …………………… 183
勿忘我 ……………………………… 184
沉　思 ……………………………… 185
在老屋，看逝水如斯 ……………… 186
运动会场的感慨 …………………… 187
在哈师大附中六十年的天空下 …………… 189
邂逅当年的朗诵者 ………………… 191
心中的乡愁 ………………………… 194

欢会老同学 …………………… 196
我喜欢风 ……………………… 197
时光总是在飞逝 ……………… 199
那么久远的事偶尔也来光顾 … 200
孰料已是这把年纪 …………… 201
教室里，我的座位 …………… 202
多少年前，我们同学 ………… 204
怀念野地 ……………………… 205
逝水穿过岁月 ………………… 206
我总是希望 …………………… 207
难得青涩 ……………………… 208
这些陈年老书 ………………… 209
挂在老屋的老挂历 …………… 210
我记住了许多名字 …………… 211

卷三　指归彧彧

什么都可看淡，唯独时光不可 … 215
马克思诞辰二百周年 ………… 216
能留给世界什么呢 …………… 217
玉容镌留祖国山河 …………… 218
纪念一位母亲和她的家人 …… 220
湘籍抗日女护士刘守玫烈士 … 221
心屏之素影 …………………… 223
寻书香，我走近敬畏 ………… 225
因为景仰一个人 ……………… 226
抗日烽火中的送别 …………… 227
我想起书本里的一个人物 …… 229

再次见到你，克拉拉 …………………… 230

生之灿烂与逝之遗韵 …………………… 232

诗谢公刘先生为拙作《校园情诗》题签 … 238

永远铭记的事体 ………………………… 239

永生的名字 ……………………………… 240

一滴泪水里的海 ………………………… 243

夏日，我找寻雪的影子 ………………… 244

读大学一本读书笔记 …………………… 246

你是我最美的相遇 ……………………… 248

想起蓝最匹配的是蓝天 ………………… 249

文　宗 …………………………………… 250

大海的蔚蓝 ……………………………… 251

历史没有如果 …………………………… 252

天空的蓝 ………………………………… 253

始作俑者 ………………………………… 254

树叶常常想安静 ………………………… 255

看　天 …………………………………… 256

难得收到一封信 ………………………… 257

西洲在何处 ……………………………… 258

致晏文及诸位老同学 …………………… 260

雨中去会宝大 …………………………… 261

题韩宗愈陈双大学毕业留影 …………… 263

花篮铭牌留下的记忆 …………………… 264

读震威《无铭陋室——书房照》 ……… 265

再读《羁留故乡》怀柏松 ……………… 267

花的凋谢 ………………………………… 269

一个涓滴意念汇成了三本书 …………… 270

题女棣的赠画诗 …………………………… 272
爱的伊甸　情的祭坛 …………………… 273
致朗诵表演者 …………………………… 274
江小笠如期来访 ………………………… 276
清晨我走向和平桥——给江小笠 ……… 277
春　日 …………………………………… 279
我的世界有草香和书香 ………………… 280
书 ………………………………………… 281
不尽的书意 ……………………………… 282
读　书 …………………………………… 284
目　送 …………………………………… 285
在茫茫书海之涯 ………………………… 286
散花的词典 ……………………………… 287
彼　岸 …………………………………… 288
我又开始写诗了 ………………………… 289
这一天，阳光多么灿烂 ………………… 290
文友赠予的书 …………………………… 291
顶着露珠的小草 ………………………… 293
微笑的给予 ……………………………… 294
印好的书 ………………………………… 295
诗　旅 …………………………………… 296
样书出来了，《俯仰岁华》 …………… 297
书如红豆最相思 ………………………… 298
写诗时，不都是快意的 ………………… 299
采撷心海涌动的浪花 …………………… 300
从我笔尖划落的词语 …………………… 301
岁月如斯夫 ……………………………… 302

老屋的时光 …………………………… 304

安慰一枚落叶 ………………………… 305

孤独的词语 …………………………… 306

蜜蜂也有郁闷的时候 ………………… 308

读书的灯光 …………………………… 309

一片月辉进入了心灵 ………………… 310

秋雨点击我的思绪 …………………… 312

寻觅挺进心灵腹地的诗 ……………… 313

早晨读《诗刊》一首绝句 …………… 315

因为我是小草 ………………………… 316

天空阴郁不是我的心情 ……………… 318

诗作业 ………………………………… 319

电脑前的自语 ………………………… 320

心影最是难描 ………………………… 321

光的享有 ……………………………… 322

后　记 ………………………………… 324

卷一　　慧日朝朝

我生命中的五个女子

我生命中的五个女子
述说一个女子
那是我的祖母
她学成于天津中西女校
我的名字是她的赐予
我的启蒙由她完成
她是辛亥革命的追随者
文史资讯有她的身影
她留给我的书籍和画作
让长孙的我凝成永世情结

述说一个女子
那是我的母亲
她像蓝天一样清明
也像蓝天一样宏阔
母身劬劳，母训如斯
教给我一生的勤奋与执着
儿子无能让母亲早逝
地老天荒也无法救赎
一声母亲一珠珠泪水

述说一个女子
那是我的妻子
同甘共苦，一路走来

果真衔命救护
是她，我们才能走向耄耋
贤妻与健康是最大的财富
给予孩子的最是母亲的心
事隔辈的爱更见深沉

述说一个女子
那是我的长女
以最初的五十七厘米注视人间
她的名字是她妈妈的创意
她没有辜负希望一读抵顶
熠熠才情，泱泱学养，卓立
既为"长江学者"，更激发
术业思维与精进，许身科学

述说一个女子
那是我的小女
以初始的五十二厘米谛听人世
她的名字是我的主意
她阅读有致，经起文字殊有
模样，自是华年记忆
她最是善良与尊崇的心地
凝眸在军博女杰的塑像前

2018年12月5日

在树叶的绿里

充当信使的四枚树叶
在我们生命中存留下来
当年的青青女友
今日的苍苍老妻
看见树叶我们会心笑了
半个多世纪的沧桑过了

四枚充当信使的树叶
来自顺势和自然
一枚柳叶采自京华
一枚阔叶采自西安
一枚松叶采自乌鲁木齐
一枚胡杨叶采自塔里木

那个特映心迹的绿
那个特为绮梦的绿
我那青春时代憧憬的绿
我们生命相互皈依的绿

记得行前的那个晚上
披着月色的女友走过来
说，留不住你，就去吧
记着，书写我的名字
供你一路相思好了

杨柳依依

万里行程迢迢
多少话语和思念
都融在树叶的绿里
经历多少时光和年华
也都融在树叶的绿里
现在多少缅想和情思
也融在树叶的绿里

2018 年 7 月 27 日

四月的春意

像每天一样，我回来的时候
妻抑制不住内心的兴奋
今天不是为我，是为女儿禹
妻在遛弯时邂逅女儿
母女相互致意，如久别相逢
都漾满了春天般的笑意
舞动出淙淙春水一样的话语
在这四月之春的旖旎中

虽然居所在同一个小区
亲人们却难得一见
有时听听声音，看看微信
都是一种快乐和满足
偶尔视频会让妈妈激动不已
她会长时间回味那种惬意
孩子太忙，总是在拼在搏
选择了这样的人生只能强劲

我同妻回忆孩子过往的岁月
常常觉得两个孩子似乎少了
两姊妹成长的轨迹摇曳岁月
摇曳父母的心旌和那份深爱
为母的爱总是那样细腻包容
让她们直觉灼热和无处不在

那么为父的就做一轮月亮吧
呵护着孩子们美丽的梦

伫立耄耋老态，伫立苍茫
伫立成相扶将的一双父母
一个尚朴之家也有高贵不曾
梦过的彼岸和春华秋实
这是上苍的恩泽和眷顾
我们亮起的目光里满是感激
金色的凝望，凝固的沉思
不会忘记那个小黄楼的最初

2019 年 4 月 11 日

珍惜眼前

珍惜眼前的一片树叶，春日是绿叶，秋日是红叶
珍惜眼前的一阵风儿，抚慰是惠风，提醒是清风
珍惜眼前的一句鸟鸣，午前是问候，午后是祝福

珍惜眼前的每一寸光阴，一寸光阴，十丈光景
珍惜眼前的每一次心动，或感染，或感动，或感慨
珍惜眼前的每一回闪念，捉到是灵感，录下是心影

不是随意就懂得了珍惜眼前，有过遗憾和茫然
不是轻易就学会了珍惜眼前，有过失却和懊悔
不是简单就做到了珍惜眼前，有过惋惜和不再

2018 年 12 月 19 日

静静的时光

每天我都这样坐在电脑前
静静地享用静静的时光
时光温柔得像一位淑女
我思无邪

白云在天空依偎蔚蓝
树叶在风中抖动碧绿
时光稳健得像一匹老马
我心悠然

意象在感悟里生成
慰藉在灵感里隐匿
时光幽深得像一条隧道
我志弥坚

2018年6月1日

沉　默

清晨沉默
道路沉默
高天之上，冬云沉默
大地之怀，落木沉默

一日开始的生活沉默
我迈开沉默的脚步，走着沉默
太阳在沉默中光亮起来
绿灯在沉默中闪烁起来
必由之门在沉默中开启
历史之书在沉默中翻页

沉默中，我接受了给予
沉默中，我接纳了新元
好了，来到老屋，我打开沉默
加力，榨出此等沉默的诗意

2018 年 12 月 27 日

在老屋我面壁沉思

中午时分，阳光明亮
在老屋，我面对白壁沉思
其实也算不得沉思
只是定定地盯着墙壁
目光里没有什么意识
头脑里没有什么旨意
只是一种漠然与空灵
就像太阳无意投进的光芒

我还在面壁，目光和阳光
和时光交织，寂寂有顷
白壁上幻现了年轮和岁月
淡淡的影子：白雪复青草
十几轮的纷扬与绿遍天涯
一代人成长，一代成长着
岁月的赠品是如此厚重
我不惜以垂垂老迈而相伴

没有比面壁更安静的内心
梵音似从远方迤逦而来
此时白壁应是五颜六色的
回归，我此刻耳聪目明

2019年1月2日

贴在老屋墙上的福字

贴在老屋墙上的福字
红被时光打磨得淡了
淡成橘红色了
福的意象却更深沉了

那是五岁的星沩濡笔
儿童写的大人字
一晃都大二了
时光能不穿梭忙？

每天阳光抚摸着福
月色亲昵着福
书香陪伴着福
福在人中，人在福中

2018 年 5 月 2 日

禹建一幅童心的画作

偶然发现夹在书中的一幅画
原来是禹建孩童时的"涂鸦"
画的是古怪的小精灵
让人一看就想笑
粗犷的线条勾勒了天趣
细微的笔触又颠覆了幼稚
稚气之中不失天分
童心里飞扬着想象
你没有白白喜欢那些画本
天真与兴趣自是启蒙教师
我不知这个天赋
在你人生中会有怎样的期待?

2018年7月12日

清晨一路走来

生物钟很准时，总是差十几分钟五点
再消受几分钟，然后一骨碌起身了
必吃的药吃掉，老妻也起身了，完成
她该完成的流程，我也有我的流程
打火做饭，坐下让我认真食人间烟火
六点前后我该出发了，老妻一顿嘱咐

走过一段城市的不雅路向公交站走去
若是雨天就是屯子一样的泥泞路径
年轻人没有让座的习惯，人们习惯了
这件事体其实也属于两个一百年目标
太阳渐渐升高了，城市仿佛慢慢醒来
上学的忙，上班的忙，大家涌来涌去
在这每天如是的人流中，凭谁问
一生一世的奔波还这样爱不释手？

经过老江南春的时候忍不住频频张望
去年每月我们海伦老同学曾于此聚会
相聚相别自是人间情事，念想总有
今年要聚海伦再续我们不了的故事
十几个站点一一排开，转过弯去
一直排到学府路，换乘过服装城
一路走来，想点事情，想想今天做甚
有什么文字应写，有什么书可读

杨柳依依

丁香花开得满园香，紫花地丁还在
我该抽身去拜访，莫等闲消瘦了紫芬
心中的钟声响了，像从前一样庄重
我该偎在书案前培植思维的花朵
我还需要召唤田野的风和山野的风
以及来自故乡的云，来自唐诗的云

说我是一片落叶，仅仅没有最后枯槁
让我站在月涌大江流前，看星移斗转
没有哪一个清晨思绪像今天这样奔突
我能神魂颠倒在一行行不弃的诗句中
一个独坐冷清也是沉静屋舍的无为人
却仿佛随时可以饱蘸云霞和人生风雨
是谁给我梦境，给我风景，给我诗意？
是清凉的清晨和清晨的清凉，神性的

2018年5月9日

相伴的云

这一团洁白的云花
静静地在我的头顶
云花，你在陪伴我吗？

云花，难得你一片心意
你理解我的孤寂
也理解我心海的潮汛

天空太广阔了
我也理解你的担当
天空也有天空的荒凉

云花，你也有乡愁
你也会莫名地伤感
我知道你也不愿粉饰

沉默不是我们的本意
倾诉才是我们的心愿
向纸笔诉说

你的照拂真的不可或缺
云花，下来吧！
请进入我的艺术世界

2018 年 5 月 10 日

天气预报增看了城市

预言总是令人心生敬畏
科学的预言科学人们的生活
每日的天气预报
是家家户户的必不可少

视野决定于胸怀
我们关注哈尔滨的风云
自从星汈上了东南大学
我们也关注起六朝古都南京

今日南京成了大火炉
不知星汈此时做些什么？
明天南京是大雨如注
星汈怎么安排一日的课业？

老人总想收拢孩子于身边
随目可见，随手可抚
因为理想给了孩子翅羽
孩子自然就会飞向鹏程

2018年5月25日

好久不见信了

人间不寄书信来
多少年等不来一封信
我曾经熟悉的笔迹
我那么喜爱的口吻
一句动肺腑的问候
一行深情的祝福
近况、所感、所求
笔下了然
人、事、情
应有尽有
心境、温度、张力
当可感悟与意会
见信如面，见信如晤
好久不见信的踪影
想吗？
信曾是人间的尺素
现在已经很难分心分时
去写一封信了
能够写一封信
是在做件多么高贵的事
能够收一封信
仿佛云中有寄锦书来

2018年5月10日

我喜欢拂过的微风

我喜欢从我身边拂过的微风
那么亲切地示意，又不絮叨
让我感觉清爽为我带来惬意
仿佛提醒我珍惜美好的时光

微风不是空手失礼而来
它带来了紫丁香浓郁的芬芳
还有青草唤起我记忆的清香
以及初夏的校园特有的气息

微风拂过轻轻摇曳着柳枝
柳枝在微风中焕发着生机
阳光在嫩绿的叶片间跳动
风儿还在等答应凑趣的鸟儿

现在我是一个闲置的老叟
风儿还如此普施它的情义
面对此情此义我何以为报？
倩风儿风光地进入我的诗行

2018年5月17日

清晨谁来伴我

朝日的光芒金子一样撒满人间
打开的窗子迎接清新的气息
气息里融入了绿叶的芳馨
风儿传递了夏意的问候走了

我坐在电脑桌前开始新一天
新一天从如何打破寂静开始
屋子里全是静物没有动物
映衬我的孤寂

在这寂寥的清晨谁来伴我？
孤寂中谁来为我解颐？
我沉思望解
我拭目以待

我来伴你
回答者——书
首先是我大学的读本
风萧萧而异响，云漫漫而奇色

我来陪你
回答者——文笔
骋目游思何来寂寞？
我心欣欣然

我来陪伴
回答者——江小笠
现身了，我的艺术儿
有你陪伴，我文思泉涌

2018年6月21日

为了一个标点

二十三元的车程
来到出版公司
行色匆匆
专事而来——
为了一个
脱落的引号

仿佛小题大做
引得室内三位女员工
眼色有异，声音有异

引号在句中之
长江学者冠上
按定标准就不当脱落

长江学者是冠冕
引号是绶带
《俯仰岁华》中
当为禹儿
留有严谨的存照

2018 年 5 月 18 日

杨柳依依

有时感伤来了

那样一种感觉一种心态
心儿悬浮着，空落落的
像一片落叶在风中颠簸
失去定力什么也做不来
这种感觉以何命名呢?
这种心态何以言说呢?
姑且名之为感伤吧

我的眼睛因草黄而湿润
我的情思因风靡而忧郁
我邂逅了这一时刻
考量我的心力捶打成熟
这时必须坚定不可菲薄

只要天空是高远的
只要江河是流动的
世界是时间的力量
夕阳红亦是美丽的
愿望总在向好

2018年5月24日

到处是书的屋子

这个屋子白天有人气
晚上没有
只有满屋的书
寂寞地厮守着空房

我和老妻离开这里
算算已经十二年
木兰从军都回来了
我们还在外面"漂泊"

书说，我们占领了空间
地上、床上、桌上
书架书满为患
我们没规矩地满屋恣肆

主人不会遣散我们
他视我们都是有用之才
即便才气不大也有情分
这个屋子成了我们的乐园

屋子说了，作为书
你们该为主人争气
满腹才学却墨守成规
为什么不能与时俱进？

当然，因为书香
我这屋子蓬荜生辉
为了书香
我会成为有所为的时空

2018年5月31日

我老的时候

从前，讲说我老的时候
是讲说那很远很远的事情
好像要经过好多个十万八千里
讲述故事要许多个一千零一夜

从前，描绘我老的时候
是描绘一幅工笔的异样图景
好像要描绘万物的生存过程
生命尊崇生命，生命悲悯生命

从前，想象我老的时候
是想象另一个世纪的生活
好像那是一个无限光辉的彼岸
无论鲁迅还是瞿秋白都想象不出

现在，真的到了我老的时候
无论是讲说、描绘，还是想象
都没有完竣从前，"老"就到了
还好，老是一个过程，乡愁吧！

2018 年 12 月 24 日

我行进的路上

我行进的路上
天上有太阳和白云
地上有人迹和绿树
我一直走来
从晃晃悠悠的初步
走到今天的耄耋老步

我还在走我行进的路
我依然在关注
天上的太阳和白云
地上的人迹和绿树
岁月饶有兴致地陪伴我
我风尘仆仆地走过岁月

我挚爱我行进的路
历历都在人间烟火中
太阳和白云必栖天上
人迹和绿树定居地上
昼日难得一帘幽梦
熏风可有十里柔情？

2018年6月28日

老屋的寂静

休住十二年的老屋
静静地关在那里
每天只有我
按时前来亲昵

屋里全是静物
第一静物是书
它们不声不响
虽然它们满腹经纶

书并没有放弃担当
它们依然束装待命
只要我一声吩咐
它们就会恪尽职守

有书的场所就是安静的
这里正适宜书的栖居
我就在这种寂静里怀思

神性般的寂静让人心动
刹那间仿佛超脱了红尘
我的灵魂在童心里徜徉

2018 年 7 月 11 日

妻的叮咛

权威人士对我讲，这个事
你能干到什么时候就干到什么时候
到这个年纪还允许你
每日这样惯性运作——
在学校分担一点工作
确切地说是做一点点事
对妻来说已经是破格了
因为此时最重要的是健康
也有好心人也不认可还去做事
妻说，他在家里一待就想睡觉
每天这样一来一往有规律的活动
倒是腰板更直了，步子更轻松了
于是妻就不再絮叨不干了

絮叨的重点置于每日的出行安全
我准备出门的时候，妻有言了
上车、下车、过道要特别注意
你已经不是当年了
别总把自己当小伙了
别总在那儿写了，眼睛不要了？
写一辈子还没有写够哦？
还说，午饭吃好的，别省了
天气不好的时候，会嘱咐要带伞
会说别顶着雨回来，雨住了再走

在妻的唠叨里闪烁着爱的光焰
是执手偕老的拳拳绵绵的照拂
每日不见妻唠叨就像少点什么
有妻的叮咛真是修来的福

      2018年7月12日

杨柳依依

罕有的生日蛋糕

这生日蛋糕来自省府
姑且称之为省府人才生日蛋糕
今日我和老妻来祝福女儿生日
却意外品味了女儿学力的攀登

就是一个刹那间，女儿的身影
从现今一步步回返往昔，又
从往昔一程程至今，电光石火
家国，人生和事业，矗立于斯

今夜仍是那以往的春夜，他们
一家三口其乐融融
今夜非同那以往的春夜，应有
利锋突进，三个人都锐不可当

2019年4月15日至16日

每日都有许多邂逅

每日都有许多邂逅
邂逅一些人和事
事中有人，人不一定
带来事，因为旋踵之间
撩拨一眼已经别过
邂逅的景与物只是随机

每日的这些邂逅
在眼中，在心里难以留下
痕迹，只在眼前一晃
进不得心里就消失了
据说这是一种漠视
没有漠视人就会爆炸

不同的人有不同的漠视
身份不同漠视不同
人间百事，民生为最
漠视与否是以职分与道义
为准，寄言庙堂居者
勿以生民"小苦"而漠视

2018年10月12日

杨柳依依

我和我的黄昏

我每日都有爱不释手的黄昏
我喜欢苍茫的黄昏，和
黄昏的苍茫
在苍茫中，我依稀
凝视了我一生的黄昏，从而
料定此一时刻，正是
我生命的黄昏

莫道黄昏不倾城，聊书云影
偎依情，临风构句怀良友
裁诗检数养心宁
我该怎样谱写黄昏之歌？
学落红一样沉静
学数理一样达观

我依恋黄昏
因为它为心灵准备了殿堂
我膜拜黄昏
不只为了我的柔肠，更是
为了我的初心

2018年10月24日

携手孤独的数独

在孤独寂寞的时候
我愿携手数独
一道有难度可解的数独
解起来很惬意又很优雅
孤独和寂寞都退避三舍
数字逻辑里自有乐趣和回馈
仿佛是一位丽人与你交谈
你的智慧会让她摒弃傲慢
当你在关键节点上征服了她
她会光彩照人样心仪你
有时我觉得自己就是一道数独题
等待孤独与寂寞来解

        2018年11月12日

我给大青叶浇水

大青叶，长在老屋的阳光下
枝叶繁茂起来，在我生日
到来的季节，越发青翠起来
我理解这是对我的祝福

走上前去，我为你浇三"缸"
清水，愿你总是清湛君子
你笑了，看那叶子微颤一下
是你读懂了我默默的心思

不管春夏秋冬，不管风晨与
雨夕，不管寂寞与冷清，你
依然无怨地陪伴那些高知的
书和文本，许多年过去了

你为我坚守老屋，从不懈怠
我知道这是生命对生命的
承诺。这个冬天雪来得晚些
在白雪面前，我们再作剖白

2018 年 12 月 3 日

现在的时间过得太快了

时间的消逝真的有快有慢？
现在的时间过得太快了
一转眼，就是一个星期
一回首，就是一个月
一晃，就是一年

时间为什么过得这样快？
只能说明心闲散无用了
心若是附丽在有价值的事上
时间绝不会跑得如此飞快
二月河在完成五百万字的
帝王系列的过程中，肯定
岁月不会走得这样滑不留手

与其空叹时间飞逝，不如
用缰绳控制时间，让它变慢
我打开荧屏，我摊开稿纸
把时间笼络在词语与句子中

2018 年 12 月 17 日

参加禹建本科毕业典礼

禹建，今日同 3600 多名同学一并
在哈尔滨工业大学本科毕业了
毕业典礼暨学位授予仪式
在工大体育馆隆重举行

我们高兴参加孙辈的毕业典礼
远远看着禹建在英才学院的行列
想起 56 年前我本科毕业学业终了
禹建后续攻读的硕士、博士已衔接

风生水起，一浪更比一浪高
学路远远，渊渊，万里云程颂福佑
今非昔比，一代更比一代强
思绪悠悠，幽幽，思贯学业思芬芳

子辈安实主持今日学子的虹色风光
后生可为，后生可畏，后生可慰
我们纵使老矣，也要守候代代学壤
当然亦不会忘记归结为唐山的乡愁

2019 年 6 月 19 日

絮絮叨叨的日子

是谁，絮絮叨叨地演绎
故事，一千零一夜？
是谁，絮絮叨叨地打磨
诗句，痴迷复痴迷？

每天，风儿絮絮叨叨的
树叶絮絮叨叨的，总有话说
有雨，雨絮絮叨叨地下着
有雪，雪絮絮叨叨地飘着

鸣蝉，模仿絮絮叨叨的前辈
海浪，拍击絮絮叨叨的礁石
木鱼，絮絮叨叨地声动虔诚
焚书，絮絮叨叨地腹诽因果

电视，絮絮叨叨地文化文明
道路，絮絮叨叨地人来车往
世界，絮絮叨叨地政经军文
时空，絮絮叨叨地沧海桑田

2019年1月15日

我的寂寞

我需要沉静
我就有了寂寞

我的寂寞是一片月色
那么苍白，没有血色
直到太阳升起的时候
直到缪斯姗姗走来的时候

我的寂寞是一枕幽梦
那么封闭，没有话语
直到老妻呼唤的时候
直到文意翩翩现身的时候

我的寂寞在静静的脑海里沉浮
呆滞的思维紧束着它的浪花
直到江花红胜火
直到奇书读尽，暗香远送黄昏后

我的寂寞在潇潇的秋雨里歌吟
冷清的时光助长着它的肆意
直到云开雨霁时
直到冰释心结，归尽寒鸦点点愁

2018年9月17日

另一种孤独

独个，坐在老屋电脑前
坐在人生的深处，和孤独里
书本挨着书本，字行紧贴字行
寂静连着寂静，郁结傍着郁结

往日，往事，念想和遗憾
循着时光，无序地再现
在脑海里兴风作浪
我，颠簸着不解的孤独

太阳明亮了，屋子光亮起来
我的心窗倏忽也敞亮起来
智者言，莫难为自己
希望总会在它该在的地方

孤独，这是另一种美
那么另一种孤独为何物？

2019 年 3 月 14 日

又是一个早晨的功课

白云有漫游的思想
隔窗的目光远远扫过
你高高在青霄，我寂寂
在红尘，啊，飘逸的白云

捧不起的金色阳光
灿烂是无限的
思不尽的悠悠乡愁
感怀是无绪的
旋转的人世年轮
多到与华发根根相应
倏忽文字鲜活起来
带我攀升孤独的高度

世界是力的
功业当是真理的
春肇始了新的四季
希望在希望之中

无论风光、韶光和荣光
都在无声的时光里
无论青云、浮云和祥云
都不能漠视风云
无论漂亮、俊俏和标致

都仰望着目光
无论情思、幽思和神思
都离不开审美

突然想起一位远方朋友
伊喜欢站在窗前抬望眼
那是一双沉思的明眸
伊在寻找做早课的我？

2019年3月11日

清晨的空旷里

清晨的空旷里
旭日在云层里暧昧不明
走在园里的甬道上
难得遇见一个人
倒是一剪风，一蓬枯草
瑟瑟地向我迎来
早春无绿的时节
埋头于冷清的静默里
于是，我亦加入这种静默
头也埋下来走路
不长的路总在走
走过春夏和秋冬
走到了苍苍白发蹒跚脚步
走到了孤寂的时光里
莫要冷淡孤寂，孤寂可人
孤寂自是一种美丽安详
孤寂追随我走进老屋
填充了清晨的空旷
当我打开电脑的时候
孤寂笑笑，说它先回避

2019 年 3 月 12 日

放清风进来

我坐在电脑前
捋捋我杂陈无章的思绪
仿佛闷在那里
我的头脑被禁闭了
突发一个行动——
打开六月中的窗子
放清风进来

清风进来，登堂入室
清风立马进入工作状态
空气立刻流动起来
一个元素的加入
改变了一种静态
我被清新了

清新的我
脑海里浮现清新的词句
和意想不到的构思
昨日我只到无名荒坡
今天我可能攀登鹳雀楼

2018年6月13日

雨中行

湿云低暗，小雨星星
道路湿滑，泥泞难行
意识濡湿，身心不爽
雨中的独行平添了些许清愁

仿佛一个隐喻
仿佛一段人生的时日
不必过于计较
走失的蔚蓝终将归来

细雨打湿了清晨
倒是未想阻止我的脚步
我照例到学校去
我的志趣不湿

2018 年 4 月 12 日

清晨的天空

谁以羞答答的春意
化为一瞥绿影和一股
淡淡的微风？
多么深情，让我很想
一见协理青事的绿史
这日子一天比一天
长了，怀思的时间
多起来了，苍茫间
我觉得总有苍茫需要
眺望，特别是在曙色
显现的当儿，天空
异常肃穆，我亦振奋于
霞光的幻变，我的一天
开始于此，生发于此
我沉默着，把一腔心海
心海里涌动的波涛，以及
波涛上似有若无的帆影
杨柳岸的晓风残月
运行抵达诗和远方
即使没有古寺的晨钟
我也会规避在历史的
针眼里，玩味草香与书香
其实我知道知足，但
并非愿受赐于那种常乐

杨柳依依

清晨的天空啊，在春怀抱
则为春晨，有气象与柔情
我反复阅读晨空
记下生命的流转和沧桑

       2018 年 4 月 11 日

车流与人流通过早晨

新赋予的一天开始了
车流与人流通过早晨
急匆匆地，繁忙忙地
绿灯，红灯，黄灯
乘机就黄灯样奔行

梨花、李花白了，桃花红了
谁去顾盼它们的媚态？
春的绿意浓了，那些小树
谁会在意它们的青春年少？
人儿在意的是自身闪过的心思

上班上学族构成路流的主体
夹带其中的我也成了忙人
我倒有心思欣赏街景路况
会心学生车书写的"及第接送"
思想内涵当转为思想力

2019年4月25日

风之歌

我喜欢风，喜欢风的
清——清新、清爽、清凉、清冽
在一年四季施展清的胸臆

我喜欢风，喜欢风的自然
自然是最美丽的自在
高与云朵相知
低奉大地为母

我喜欢风，喜欢缅怀风的呼啸
仰天长啸，壮怀激烈，我
看见了漫天风雪中的杨靖宇将军

我喜欢风，喜欢玩味杨柳岸的晓风
喜欢晚风掀动书页的惬意
喜欢风吹草低见牛羊的辽阔
喜欢风展国旗的壮丽和尊严

2019 年 3 月 20 日

一剪风

有风，杨柳依依
水面波纹起了
白云游弋了
小草前仰后合

有风，饰巾婆娑
秀发优柔飘逸
衣袂款款扬抑
拂面惬意复惬意

有风，穿堂而至
书页掀动了
窗帘轻轻摆动
火苗晃动起来

有风，心旌摇焉
风送心帆茫茫
风播心香渺渺
风中，情归何处？

2019 年 5 月 16 日

大地的盛意

大地充盈着静气
从容而笃定
因为她是待产的母亲

和煦的阳光，和
温风与融雪
都在助产

她将分娩一个
绿色的春天
为季节承上启下
为世人悦目赏心

2019年3月25日

春草青了

春草仿佛一日之间就青了
春草青了,春天的眼眸亮了
亮起的眼眸笑意翩然,敬意肃然
感恩阳光、大地和水分

春草不是一日之间就青了
春草青了,春天的心思重了
重了的心思指向葱茏,抚向葳蕤
无分瑶草、芳草和野草

瑶草何有?
芳草何在?

2019 年 4 月 10 日

短暂的春

春是短暂的
唯其短暂
令人分外珍惜

短暂的春
需要诗的滋养
需要美的呵护

短暂的春
需要情的挽留
需要史的铭记

春啊,春
你,为什么总是
去意匆匆?

春归去的路上
蓦然回首
欲言又止

2019 年 3 月 28 日

惜 春

草绿迎春，迎来春的副使
花开迎春，迎来春的正使
花开方是春？
如此，北国之春更短了
迎春欣然，惜春才是

草绿为春，是淡淡的春
花开为春，是浓浓的春
花开方晤春？
如此，对春失之苛求了
探春可以，惜春才是

无视青草又绿日
未著花时不认春
花开方咏春？
如此，对草失之歧视了
春之版图所余几何？
元春寂寂，惜春才是

2019 年 4 月 15 日

婆婆丁

绿莹莹的婆婆丁
水灵灵的多么可爱
一棵一棵
在隙地里静静地生长

它是迎春最早的一批精灵
不事声张，默默地担当
不畏惧干旱与料峭寒意
从不觉得自己也是春色

我一直铭记它的奉献精神
自它先祖以降就一以贯之
我受之以恩，生命里有它
一个在野的族群

现在我脱离了这个族群
只是在春日邂逅一顾
倒是婆婆丁不忘提醒我
穿过黑暗时记得带上光

2018年4月17日

满院的丁香馥郁

五月上旬，花红柳绿，天蓝云白
满院的丁香香气馥郁随风传布
大学生着起单衣和尚朴的裙装
那是青春的英气和华年的活力
丁香的花香融入学子成长的历程
当年沙曼校园中的我们不也如是

此也一时，彼也一时，时时不同
二十世纪不比二十一世纪
谁能料想到二十一世纪的丁香
是怎样芬芳了我和我同学的苍然？

此刻还是让我回想当年的丁香
匹配我们青春华年的丁香的馥郁
我仍记得她的绰约风姿与婉仪
我仍时时感觉她比夺芝兰的芳馨
我已将之植入我的诗中和梦中
她娇美的模样抖落了时序的苍凉

2019 年 5 月 10 日

一念紫花地丁

我见过许多种花儿，开放时
慢慢地，羞羞地，一点点地
绽开自己的花苞，嫣然笑了

而紫花地丁，她想开
就用尽全力，仿佛倏忽间
即到达盛开——
紫芬玲珑，紫气氤氲

她的花枝，仅有半个小拳头高
花茎纤细又挺拔，柔弱又坚实
虽为眼力忽视，却为心力所系

她有许多美丽的名字
还有药草身份
她的大名和李白、杜甫一样
在电脑上一敲就呈现出来

2019 年 4 月 17 日

五月风中的树叶

五月的树叶非常可爱
绿得晶莹,绿得油光可鉴
看那平平常常的柳叶杨叶
都是春光的着意示现

风一来,叶子轻轻舞动
像幼稚园里多动的小童
又像无数只绿色的眼睛
眨动着楚楚可人的春色

风稍大些许,叶子撒欢
频频抖动叶面与叶背
一面变换着相间的色彩
一面奏着春祭的梵音

此刻这梵音是赐我聆听
我驻足摒除红尘一切思虑
肃然领受

2019 年 5 月 16 日

晨光苍茫

夜影消失了
大地在苍茫中醒来
五月又一个
清新的晨光

都偌大年岁了
还苦什么心志？
初心不忘就是了
一切都该静默了
总有声音好意矫正

既然做了书虫
就不会舍弃
书本和文字
从草香到书香
这是命运的际遇

打亮屏幕
此刻，满幕的白
未着一字，我
等待邂逅的灵感
赋予一个个字粒
排着队列兴奋走过
晨光的苍茫

2018年5月18日

五月将最后的几天泡在雨里

一直有些干旱，现在变了
五月将最后的几天泡在雨里
泡在雨里的天水汤汤湿漉漉的
冷气袭人，像是清凉的秋天
本来是要迎接夏天的热度
难怪有些人要心烦了
可昨夜把雨打树叶听进梦里
不也是带着一种盎然的诗意吗？

淋在水里五月的最后几天里
我应该想些什么，思绪何往？
我应该变成小满之后的土地
变成一望无际的苗儿
变成与土地共命运的庄稼把式
变成我曾经有过的那种思虑
我想起了故乡，我想起干旱
我不能不像土地那样喜欢雨

2019年5月27日

杨柳依依

又是柳絮飞舞时

六月初前后正是柳絮飞舞时
从前曾是那样浓密且持续长
天上飞的地上落下的
絮絮叨叨恰似不寒的六月雪

现在还有少数迎着时序起飞
传承它们祖辈固有的基因
一蓬絮儿向我迎面飞来
絮儿，有什么话儿说给我？

在这个城市，在这个季节
面对飘逸的柳絮正好六十年
从前的絮儿飞进了我的往事
今日的絮儿触动了我的梦影

浮生若梦，世事如棋，流连
老话如斯，依然可翻作新意
柳絮，世事无可比及的洁白
柳絮，怎可保持你的洁白？

2019年6月5日

我走进夏日的怀抱

夏日的怀抱炽热强烈
不像春日的怀抱温柔体贴
但不能总在温柔乡中有梦
不经热烈熏陶怎能走向成熟?

夏日的怀抱绿意葱茏
不像秋日的怀抱富有金色希望
但葱茏却是金色希望的根基
应该好生领略夏日的独有气度

夏日的怀抱风雷激荡
不像冬日的怀抱只余冷冽
但风雷与冷冽的洗礼都很必要
做一个入世的人不可偏废

走进夏日的怀抱接受热情礼遇
我身在幽深会去破解幽深
万物宁静，我听见自己的心跳
我仿佛从天之涯归来

2018 年 6 月 27 日

杨柳依依

那次来到有水草的地方

那次，来到江水有水草的地方
我一下子就记住了那里的风景

那是一个小河湾
跳下一块河滩就面对水草了
蒲棒还没有结成，团叶碧绿
水面的波纹也成绿色
我一扬手就找到了自己的影子
蒲叶色的笑意流连在水波里
我欢会了我少年常有的兴致
从此刻回返少年路途遥遥
这一念要走六七十年
直到在岗上的为儿喊我
我又从少年返回今日的七老八十

看振勇扶持我们这对老人
其情若子，其情胜子
我顿悟，正是长婿的眼力与心力

2018 年 6 月 29 日

柳絮飞白的时候

柳絮飞白的时候
阳光煦意可嘉
草儿照眼青青
面对不能主宰
自己命运的柳絮
善良担忧起来

野趣与童趣
一起送别柳絮
柳絮寸心可悯
把命运托付给风儿

愿你越过城市的喧嚣
越过沟壑和水洼
躲过池塘的诱惑
别相信岩石的苦恋

有土的地方就能生根
莫嫌瘠薄
莫嫌狭小
生存第一

漂泊,潇洒得起来吗?
无法栖息

杨柳依依

无法扎根
怎么随遇而安?

做了柳絮
只能用柳絮的方式
宣示生命的
生生不息

2018 年 5 月 17 日

清晨的校园

清晨的校园与校园的清晨
在我走动的视野里静静地展现
六月的阳光和煦，风儿温婉
啼鸟婉转在那浓密的树叶间

俯瞰小蓟的紫花，苣荬的黄花
迎着晨光湿润润地漾着笑脸
小草青碧没有显现生长的忧虑
这一角天地不失和谐与自然

一对老夫妇扶将缓缓走过晨光
他们是从青春年华中携手走来
他们一生时光都给了这个校园
这是今晨校园最美最丽的风景

学子们在哪里做着他们的早课？
他们朝气勃勃的身影烘托校园
清晨的校园还有我翩飞的思绪
以及莫名而来的淡淡的感伤

2019 年 6 月 12 日

六月的叶片

六月的叶片，闪着油汪汪的碧绿
贵夫人的翡翠手镯都没有它美丽

六月的叶片，充盈着勃勃的生机
大亨的钱袋子都买不来它的天趣

六月的叶片，忙碌它的光合事业
自诩公仆的人在它面前相形见绌

六月的叶片，珍惜一世最美时光
少年尤要警醒少年最美最美年华

六月的叶片，相衬着娇容的花朵
莹莹绿意在时空中不失它的气度

六月的叶片，沉潜一种忧患意识
夏盛之后，定然面对严酷的秋肃

2019年6月27日

六月之思

要抒写六月,就要钟情抒写天之蓝、草之绿
自己那莽莽的内心深处浅浅淡淡的情愫

从一场夜雨里洗净的天之蓝,洗翠的草之绿
我又一次在晨风中,领略耄耋的幽思和丽思

从一眼白云边的天之蓝,一眼地上的草之绿
我俯仰天地中,邂逅了雍容华贵的缪斯

六月,一年之际最美的日子,风清气和之时
是飞逝的柳絮和时光,让我回味了少年

独立江城的初夏,湛湛天之蓝,莹莹草之绿
我将神游白云生处的蓝天,天涯深处的芳草

2019 年 6 月 13 日

我想慢慢走过这一季

我试图放慢脚步
让人能够感到速度
的确慢下来了
无论是太阳的起落
无论是月亮的出没
无论是树叶的抖动
无论是花象的变幻
在我的眼里
都迟缓下来
这是六月之底
有着摄魂动魄的景色
长天泊着安静的白云
大地怀抱着惯常的人迹
岁月似乎希望得到这种留恋
日月不似穿梭般招摇
我想继续慢慢走在这一季里
从容些，舒展些——更求实
不必像寓言里的人
去掩耳盗铃

2018 年 6 月 29 日

初 夏

这是最好的季节
也是最短的季节
炎热还在路上
连雨远未集结

风是情人般温柔
云是友人般相念
天是哲人般沉思
地是诗人般开怀

2018 年 5 月 22 日

夏日雨后城市的早晨

空气说不上清新
弥漫着湿漉漉的水汽
仿佛提醒人们昨日一场暴雨
袭击了这个城市
那个镜头上了新闻联播节目

街道两旁的树木说得上清新
像丽人沐浴过的洁美雅致
披着一身碧绿的装束
过往的车辆驶过城市的早晨
早晨的主角太阳没有到位

我同太阳没有约会
我走我的路，去我去的地方
风轻轻牵起我的衣襟
好像在说，我陪伴你就是了
人到老了，处处知足就是了

2018年6月27日

向日葵你再长高夏天就要过去

向日葵啊，你出落得如此颀长
金黄的头盔让你像武士一样英武
你每天向日旋转方位不问风向
谁都没有你这样执著这样坚定

向日葵啊，你出落得高高在上
离太阳是你最近
那些小苗小草都远没有你高挺
我知道你并没有那种高傲之心

向日葵啊，你已经长得很高了
而你还在努力长高
你再长高夏天就要过去
而我不愿意夏天就这么快过去

向日葵啊，你慢一些长高好吗？
就活些我们这些眷恋时光的人们

2018年6月26日

夏意葱茏

老屋三室一厅，没有
一丝动静
遥望庭院的绿，南天的云
清晨把门掩上，关注
半天烟霞，几树青碧，一点暑气

树的，花的，草的
绿意弥漫着枝枝叶叶的柔曼
在甬道旁，疏散
星星点点的花朵，像
棋布的吉祥如意，撒满一地
这些我都不会拾取
我只要一丝苦涩的清香，独对
夏意的葱茏，和
键盘上诗意，与
心上的惬意

2018 年 7 月 10 日

野草由绿转黄了

农历八月，早晚有些秋凉
蛐蛐的叫声很有秋意了
庭院的野草由绿转黄了

从春到秋一干时日
该关注的事情总归不少
你却常把目光投向草类，何也？

是因为寂寞，闲把草类当知己？
是因为纪岁，草绿草黄一年轮？

是少年心性犹存
怀念共苦的草地草本？
是岁月浸染依旧
萦绕济世的野菜草药？

是皈依乡愁
永远不忘农乡之本？
是甘结草野
幽幽草香不弃不离？

2018 年 9 月 13 日

一个人看落叶

风止息了
这个季节值班的西风北风有时止息了

下午三点钟的公交站上等车的时候
一个人在看落叶

树叶在飘落
微细而枯萎的树枝不经意地颤抖一下

缓缓而下的树叶瞬间落地
看落叶的人计数叶面着地为多

高高的白杨冷静地面对树叶的飘落
一如看落叶的人

有心看落叶的人
知晓落叶的心事和苦衷

2018年11月15日

秋日在落叶里

一片一片落叶落下枝头
大地袒开胸怀——收容

落叶放下所有的心事
进入沉眠，不再有梦

秋风倒是想唤醒落叶
落叶被动地阵阵旋舞

秋的事情虽说很多很多
但总是不忘一片片落叶

秋日传承了已然的春夏
铭记叶儿的碧莹与作为

此时此刻秋日在落叶里
幽人的思绪亦在落叶里

2018年10月22日

落叶含香

秋日最常见的就是落叶
常常风并不决定树叶的飘落
叶落在叶
叶儿践行的是有尊严地离去
为了那一刻
叶儿有了半生的准备
走向那一刻
叶儿凝结余香面无异色
到了那一刻
叶儿听到内心微妙的一动
就是那一刻
叶儿毅然决然别却枝头
叶落归根
余香最后献给大地

2018年10月18日

阵阵飘落的树叶

秋深的时候，树叶
不再孤零零地一片片飘落
常常许多叶子摞在一起
大家一同皈依大地
阵阵飘落，飘落成阵
它们落下尘埃的时候
或叶面着地，或叶背着地
检视起来，叶面朝地者
居多，即叶背朝天者居多
尤其是柳叶，特别鲜明
这不像随意投掷硬币
相当多的时候
正背两面概率几乎等同
究其原因，何也？
力学原理？生物学原理？
我倒宁愿相信，是叶儿
亲向大地母亲而做出的
最后选择

2018 年 10 月 26 日

霜降诗纪

霜降到了，秋已深
我走在戊戌深深的秋色里
扑进眼里的几乎都是落叶
飘舞在轻寒的空中的
落在地上一层覆盖一层的
是感受秋肃的树叶
此时它们不再沙沙作声

曾经是秋风生渭水，落叶
满长安，一千多年过去
现今是秋风劲扫松花水
落叶有情恋故园，悠悠古今
那依稀闪烁的泪光，让
赤子之心感怀起来，或云
心灵决定生命的品质

树叶老了，是一秋；人老
是一生。秋天与霜降不老
年年轮回，昨日霜降贲临
今日点键以纪，秋叶倾城

2018 年 10 月 24 日

初 雪

天空选择了这一时刻
初雪，这一时刻很庄重
第一批雪花兴奋不已
特别是那排头的雪花
当排头必须有牺牲精神
它甫一落地就湮没了
其他的雪花前仆后继
终于在大地铺筑了层基
一片片雪花愈积愈多
大家众志成城显示出难以
比拟的那种坚忍与洁白
只有初恋似可追逐这种
纯洁，还有就是初心了
初心如雪如水清纯美好
雪，最具魅力的名字当属
寒英，我们呼唤它的时候
就像呼唤我们的初恋，和
发轫于坚苦卓绝期的初心

2018 年 10 月 29 日

十一月初的早晨

凉风起于远山，跨越城市
飞上树巅，催促着不禁风的
苍苍老叶上路，脱落的叶子
一片片坠入归宿
回答风的是满树的叶片
步调一致的萧萧之声
它们发出的是自然之声
此时是秋肃之声
为了明春的莹莹新叶，它们
义无反顾，虽然有些留恋
凉风来到我的身旁，照例
问候——没有什么不适吧？
谢过凉风，我继续前行
在这十一月六日的早晨
一个找不出特殊标识的早晨
我呼吸着学府路上的清静
尘埃之上，红日露出脸庞
照着大地，照着一个自我
感慨的老者，只是没有
捕捉到像样的诗情

2018 年 11 月 6 日

我等待雪花的飘落

整个秋天加上现在的初冬
除了雨花的飘落
天天见的就是树叶的飘落
到现在树叶落得差不多了
偶有几片咬紧牙关做最后的坚守
一个孤寂的人关注着落叶
落叶之后该移情雪花了

雪花虽在路上，似乎就要到了
几次发来迎接的信息
雪花的冷艳，还是缓些见好
不期待也罢，反正一定要来
就等待自然的相见吧

此时，我倒想起雪花的优长
它下界到人间，无视高贵的出身
就凭它投入到大地的怀抱的义举
就凭它义无反顾，许身春光
我应该正肃意识迎接它的到来

2018 年 11 月 19 日

杨柳依依

让人亲近的一个冬日

冬日也不都是冷冰冰拒人千里
今日就是一个让人亲近的冬日
早晨下了一层薄如白纸的青雪
太阳一出就隐身不见了
现在我缓步走在庭院里
迎面拂来的是不寒的杨柳小风
杨树的叶子已经脱光，柳树
还有稀疏的叶子坚持在枝头
太阳的光芒是为冬日增添暖意
那些草们枯萎着已经感受不到
它们约定明春让草嗣好好领受

方才在那间老屋找到许多往事
两个小外孙用过的书，留下的
手笔还在，现在他们长大了
他们比他们父母的抱负还大
此时的我，已经走在小树林里
仿佛走在五十多年前的沙曼
小树林里我恍然若失
现在我却拥着一个可亲的冬日

2018 年 12 月 13 日

雪落的声音

下雪了
一片,两片
七片,八片
数不过来那些片

雪大了
天和地连接起来
我站在大地仰望天空
我在谛听雪落的声音

雪是洁白的
雪落的声音也是洁白的
雪是晶莹的
雪落的声音也是晶莹的

雪落在我的战栗中
雪落在我的"带电状态"?
雪落在我的苍茫中
雪落在我的"在诗状态"?

2018 年 12 月 26 日

写给初冬的十四行诗

沿着深秋的脚步再往前行就是初冬
深秋迎了一程又一程，终于临界
初冬的面影现了，踏着层层的落叶
仪仗需要展现冰雪和冷厉的风

人们理解加冕的初冬，需要威仪
天空淡白，不再用秋日的朗朗湛蓝
木叶必当落尽，一派寂寥素颜
这是自然，自然就是美，在情在理

初冬将向隆冬走去，完成冬的使命
廓清大地，一切为了明春的萌新
此时的初冬也是身履薄冰掌控分寸
初冬的你，有时真显现出一种人性

寄言初冬，行令寒冷莫冷了你的心
更不要冷了人世的心，自是佳音！

2018 年 11 月 7 日立冬

面对冬日的小橘树

七岁的禹建吃完橘子,把籽埋进了
花盆里,一株橘苗缓缓地长起来了
禹建九岁时,禹儿呼唤我和老妻
来文景花园,于是,这株橘苗
移来此处,与我们同居一室

时光荏苒,禹建和星汭小学毕业了
考入初中,考入高中,考入大学
一晃,孩子们二十一岁了
这株橘苗换了两次盆,还是盆栽
其树龄当有十四五岁了,可是说起
树径只比大拇指粗,树有一人来高
盘根错节,只长叶子,从不开花
局促之地限制了它的生长

这也是一个生命啊,我踌躇起来
它是大地之子,放归自然吧
本想问询一下它小主人的意向
小主人上了大学忙得不亦乐乎
今春,我把它移植到院子里
它在自然的阳光雨露中长出新叶
当然根子也扎深了,还是不见茁壮
走到它面前想问问它生活得可好?

杨柳依依

眼下立冬都过了,地冻天寒快到了
行动吧,为它做点实际的准备
那个周日我为它做了保暖捆扎
用的是包裹《俯仰岁华》的物件
包了一层又一层,边包扎边祝福
愿小橘树能够越冬明春发一轮新叶
它挺起现在尚绿的橘叶说,很感动
谢谢生存的关照,我会胜利越冬的!

2018年11月8日

都市冬日早晨的风

这风儿是都市的，因为你不像
四野的，那么没有拘束，任着性子
这风儿是冬日的，因为你带着寒意
前来亲昵，用你自己的方式
这风儿是早晨的，因为你有一种
清新，和晨光一起出现

好啊，都市冬日早晨的风儿
谢谢你陪伴我走这一段年老的路
没有空间的时限不接受这风光的风
没有时间的虚空不接纳这风情的风
还有什么可感可念，比如这思绪
该不该落到纸上，在都市冬日的早晨？

2018 年 12 月 14 日

我的芳邻

我的芳邻是一块不大的草地
春日里，草绿了我的窗下
它们都是普通的小草
风吹过来说它们的名字很贱
我没有理睬自以为高贵的风

草在生长的周期里拼力圆梦
看得出它们的艰辛与困窘
过了秋，它们完成了生命的
周期，枯萎在地
留给子嗣再续族群的意识

现在冬之季节，我的芳邻
沉寂起来，嗫嚅着，说
我们没有能力把绿留到现在
有负你们的观瞻
它们的苛责令人汗颜

哎，有泪可落也不觉是悲情
走过基底的人，都懂得

2018 年 11 月 29 日

静夜思

时间从夜色的展布里滑落
时间从夜雨的雨点里滴落
时间从夜风的咿呀里流落
时间从夜读的感慨里凋落

一阵瓢泼的雨
大地清洗了一遍
一阵强烈的风
夏天晃动了一下
一篇先贤的事考
眼睛湿润起来
一篇激扬的文字
心灵震颤起来

我在人生的风雨里向晚
我在人间的希望里忙活
我在人文的故事里抒怀
我在人性的皈依里乡愁

2018 年 7 月 27 日

呼喊一声蓝天上的白云

呼喊一声
我眼中的蓝天上的白云
我心中的蓝天上的白云
向我游弋而来

一声呼喊
我读古诗中的蓝天上的白云
我故乡的蓝天上的白云
在我眼前浮现

一声呼喊
我童年时代蓝天上的白云
我少年时代蓝天上的白云
我大学时代蓝天上的白云
在我心头映像

呼喊一声
我瞩目的蓝天上的白云
我怀思的蓝天上的白云
竟许泪光闪烁

2018 年 10 月 19 日

这些我都有

孤独，寂寞，感伤
这些我都有
孤独在孤独中孤独
寂寞在寂寞里寂寞
感伤在感伤时感伤
我们有时结伴而行

有时我把它们
一个一个礼送出境
有时又要一个一个
接纳它们回来
它们从不抱怨
只是无奈地笑笑

无论孤独、寂寞、感伤
它们都有一种尊严
都内蕴一种力量
可以是山岳的坚挺
可以是水流的迂回
可以是落叶的凝重

2018 年 4 月 18 日

时光匆匆

一天一天过去了
仿佛来不及回头
来不及细说什么
来不及做一个像样的梦

一周一周过去了
仿佛只是数了七个数
接着再数七个数
继续数着七个数

一年一年过去了
草绿草黄草黄草绿
雁去雁归雁归雁去
世上的人白了头

无论永远还是永恒
都拴不住匆匆的时光
时光藐视一切，只有
历史与经典会令时光敬畏

2018 年 4 月 27 日

亲昵真趣

从春风伊始到秋色满眼
我就这样晨光中来,夕晖中去
陶冶书香共墨香,亲昵真趣
从夏雨飘洒到冬雪飞舞
我就这样幽思里来,苦想里去
服膺先哲共青史,亲昵真趣

这种真趣,车水马龙寻不到
这种真趣,金碧辉煌未必有
目光落处,风光、风物,感悟
大自然回馈难以言表的超然与沉敛
心扉启处,风情、风云,领受
大时代制约适以意念的岸然与沉稳

一个念头可能消失在一阵风里
一片思绪可能隐遁在岁月的长河里
不知何时却会化为一行诗、半阕词
所有的熟视无睹,所有的司空见惯
所有的偶见和邂逅,都是上苍所赐
艺术的感悟,关键在于有心与发现

我没有刻意寻觅,但愿情思与诗意
哲思共禅意给我赠品
我只是诚心景慕,唯愿落霞与孤鹜

杨柳依依

秋水共长天给我熏陶
是时，思接古远，神交天地万物
宠辱皆忘，一切属于心性

一天很短，短得来不及手托旭日
就已经面对夕阳之夕
一年很短，短得来不及心悦春芬
就已经发染雪花之雪
一生很短，短得来不及气壮山河
就已经身处古稀之稀

亲昵真趣
须争朝夕

2019 年 6 月 28 日

脑海里总有波涛在荡漾

脑海，是海
是海就有波涛
我的脑海里总有迭起的波涛
迭起的波涛像潮汛一样荡漾

波涛的形成确有缘起
波涛的出现确有引信

或曰，这些波涛瞬息明灭
不过是虚幻
或曰，波涛撼不动现实的一根汗毛
有何微言大义？

脑海还是沉静吧，荡漾什么波涛？
月色如水，时光如水，心清如水
殊不知，波涛因水而生
有思绪还会钩沉波涛

2018 年 11 月 8 日

希冀永远都在

世界是美好的
希冀永远都在

年纪老了,明天还年轻
明天总是新的

血气老了,春天年轻
春天生机盎然

步履老了,路径年轻
路径踏向远方

笑容老了,理性年轻
理性把握真知

2019 年 3 月 20 日

卷二　　回瞩沉沉

警　语

父母在
人生即有来处
父母去
人生只剩归途

警语如珠
警语如烛
警语如嘱
警语如铸

红尘有序
人生无奈

2018年4月2日

幻出妈妈的摇篮曲入梦

夜深了，没有睡意
我在黑暗中闭上眼睛
呼唤着睡意附身
越呼唤，睡意飞得越远

忽然一首古老的摇篮曲
空蒙而来，由远及近
仿佛在灵魂里轻轻响起
是妈妈的声音由儿时
缓缓传来，穿越人世
沧桑，和阴阳两隔
落在我潸潸的泪水上

不知什么时候进入朦胧
什么都幻化了连同自己
一个耄耋老者
在妈妈摇篮曲中，回返
儿时，依妈妈怀中入梦
就像有一天的飘然飞去

2018年11月28日

那些美美的月色

那些美美的月色
都是我记忆中的月色

童年的月色美得朦胧梦幻
妈妈的身影却十分清晰可依

少年的月色美得溶溶
妈妈的嘱咐就是心中的经文

大学的月色美得清婉
悬思妈妈让我惴惴不安

最初的月色是妈妈带进的
妈妈的指点让我认识了月色

月儿那些童话和神话故事
是妈妈给我初始的建构

有妈妈在，那月色如银
妈妈走了，那月色凄清如泪

2018年12月7日

母亲节怀念母亲

这一天我天然怀念母亲
永世不能割舍的母与子

这一天我笃定怀念母亲
庄重地默诵《游子吟》

这一天我深切怀念母亲
想起幼时最温暖的怀抱

这一天我含泪怀念母亲
一声声幻听母亲的呼唤

这一天我泣血怀念母亲
母亲最低心愿也作泡影

这一天我祈祷怀念母亲
坚忍勤勉是永远的母训

这一天我如梦怀念母亲
融融其乐厮守母亲身畔

2018 年 5 月 13 日

创造的童年

想起童年第一个形象就是妈妈
妈妈的抚爱像阳光一样撒满童年
妈妈可比我自己本身鲜明多了
第一个字眼也是妈妈，熠熠生辉
形象立在前头，字眼远远落在
后面，过了很久很久才追上形象
那些形象和字眼是星星和月亮
是奶奶和字块，是堂妹丽丽
是叔叔和明星画报，是商号
兴顺北，雪落望奎街心一个院落
童年的雪，一直没有消融，如同
天幕上的星星，永远闪烁着童心
（只是我童年现身的人物，几乎
都回归了天国，让我追思不已）

童年，是从久远回忆起来的妙境
也是创造出来的梦幻一样的意境
童年啊，真中的梦，梦中的真
童年啊，实中的幻，幻中的实

2018 年 12 月 10 日

最愿梦着小的时候

最愿梦着小的时候
梦着的时候，我回到天真无邪
家庭，径直返回大家族
父母年轻，长辈都在一堂
我数过的星星也会都出现
夜空那么碧蓝，绸缎一样
祖母教我识字，母亲向往着未来
每日的时光都有忍不住的美

最难梦着小的时候
那个小的时候，已经走得太远
数数一大家子人口，四世同堂
我同辈的弟弟妹妹一群
我父母辈的伯父母和叔父母
我的祖父母，我的曾祖父
偌大的家业和家族企划以及故事
一切啊，我幼小的记忆难以承受

最终梦着小的时候
那个小的时候，终于进入我梦境
也许是梦境，贲临我那小的时候
反正是实现了那种真真切切
我依偎在妈妈风华正茂的身畔
听妈妈讲那大水和酒的故事
当我知道那种美是梦的时候
我不愿醒来，不情愿出离梦境

2018年11月15日

我还记得母亲和伯母的乳名

小爽是母亲的乳名,小朵是伯母的乳名
小爽与小朵是我记忆中的音名
是谁、是什么让我这个小辈记忆至今?
是我的祖母高允昭,这个家族的掌门人

我是家族的长孙,又是第一个孩子
在这富庶之家得到那么多的宠爱
"大妈小妈"是我称呼伯母和母亲的童言
母亲和伯母,都有我永远感激不尽的深恩

在我满月前得了新生儿肺炎,病情危重
是母亲和伯母换着守护我六天六夜
两位年轻女子硬是夺回了我的性命
那一年母亲高春华二十三岁,伯母程锡华二十六岁

能够记住的事情总是关乎情义和人性美
想起母亲和伯母的乳名总是战栗般亲切
也许这是我深深的恋母情结,念小情结
也许我的儿时续接上了母亲和伯母的儿时

2019 年 6 月 24 日

这个雨夜只想母亲

雨,占据了这个深沉的夜
陪着我不眠不休
涤荡了我的记忆
这个雨夜我只想念母亲

从记忆开始的时候想起
从生命有记忆的时候想起
从那个小县城望奎想起
从风华正茂的母亲想起

风儿微拂芳圃,大家小院清新
多么和美富庶的童年映像
怎么辗转成飘萍一样的踪迹?
风雨河头,逃难,海轮归乡
苇子乡愁,大水再闯关东
母亲依然是年轻的母亲
可是她已经历尽沧桑

今日雨夜让我想起雨夜中的母亲
雷雨夜母亲的怀抱多么安适
天真的岁月留在天真的情怀
风雨夜母亲为我缝补"游子衣"
针针线线牵动母子茹苦的心
凄风苦雨夜母亲坚定的身影

让儿子永世刻骨铭心

各样的雨夜花白了母亲的青春
让母亲不该衰老时衰老了
让母亲不该走时匆匆地走了
这是儿子永远抚慰不了的恸楚

这个雨夜,我只想念母亲
我觉得母训穿过所有的雨幕
神性一样的声音在我心中响起
我又一次噙着热泪领受

2018 年 7 月 18 日

不经意闪现的往时

往事依稀，在漫漫人生路上遁然
隐去，如烟，如霞，如灸，如割
心空思念的时候常常唤也唤不来
可是倏忽不经意间却自天外飞至

那是草地举起带露珠的山花野卉
我是那不谙世事的挥汗如雨少年
那是妈妈抱着我的童年数着星星
那是妈妈风雨中送我踏上大学路

风雨中的妈妈跋涉在我的记忆里
我的泪光闪烁妈妈坚毅的往时
直到妈妈撒手人寰成为永远的痛
方识妈妈的在是多么美好的岁月

哪有不经意的闪现？那是我心中
最深的结，是我生命最铁的律
此刻我知道万箭穿心也无补万一
我幸运活在妈妈的瞩望和护佑里

2019 年 3 月 6 日

便捷的联系太晚了

若是现在多好
随时就能和母亲联系
想问安即可问安
想视频就会立刻
目睹母亲的尊颜
音画齐备，声情并茂

那时，长途电话难
乡下通城市难上加难
当有急事之时简直
叫天不应，呼地不灵
急得团团转

一纸电报：母病危
我插翅飞都来不及

白的是雪层
黑的是土层
抓住黑土只有大哭
儿心碎在无边的泪水里

现在通音问如此便捷
只是如此之晚，遗憾终生
萱花永茂，萱堂瑞集
曾是人间多么美好的祝福

2018 年 4 月 13 日

杨柳依依

车轴山中学的怀思

《老年日报》七月的一篇文字引领
让我拿起笔来怀思车轴山中学

河北丰润车轴山中学是父亲的母校
他早年的怀念因为我小没有在意

车轴山中学，父亲留给我的
只是一点掠影和一点朦胧的向往

车轴山，平地而起的孤峰，校门
建于山脚下，山上有阁有塔

校园里，几株古槐匝地参天
读书之声洋溢在古朴典雅中

那首毕业歌——青年有志在四方
临去依依休做女儿样，还记得

就这些零散的记忆
像落叶一样沉寂在我的心底

及至，在我的阅读中两次出现
车轴山中学的身影，我在意起来

我依恋起父亲置身的车轴山中学
那是我永远抵达不了的三十年代

再也无法问询老父心中的母校了
适才意识离别我的母校五十九年了

许许多多人和事，都在时间之外了
知否？那确在时间之内的，有什么？

2018 年 7 月 4 日

杨柳依依

姥家的祖籍在于潮庄

于潮庄属天津宁河区
在我家乡何仓庄西十八里乡路
姥爷姥姥有八个子女
我有三个舅舅四个姨
妈妈行六，在女中行三
姥爷去世早没有见过我
我依稀记得姥姥朦胧的面影
后来我最熟悉的是大舅和老姨
姨舅离开故土早就星散了
妈妈讲过她经历或听说的故事
我那么小又面对的是那么久远
留在我记忆里的是一片沧桑
等我十来岁同祖母来到于潮庄
我的姥家早就没有踪影了
在曾经的姥家院落里有些恍惚
我想感受妈妈当年的星星点点
我经于潮庄去过韩庄二姨家
乡风绿野里独行着我这个小童
今日以此追怀我母系各位亲人
献上一个晚辈深深的瞻仰之忱

2019年6月21日夏至

叔叔喜欢我写的文字

一本大学三年生的习作
置于大学外语教师的视域
是叔侄间文字交流的初始

叔叔从南方调到北方大学
我们在同一城市了
曾经有十几年的分别

叔叔《春天里》的歌声
留在我的童年,依然鲜活
背景是一个小县城的大家庭

当我的《青春与华夏》小说稿本
请叔叔阅读时,叔叔笑意十足
不知我的艺术儿能否挺立起来

后来叔叔说,我见到了江小笠
读懂了那些直白和一些蕴涵
没有读懂那些隐匿的思虑和经纬

再后,我在报刊上发表的东西
我交给叔叔或叔叔自己找来读
他说爱读这些小诗小文,挺有情趣

杨柳依依

叔叔走了。这一束束小诗小文
在冥冥中会抵达叔叔的灵前
您还是那样喜欢，漾着春天般笑意

2018 年 7 月 6 日

振文大舅的"一饭之恩"

是国家困难的 1960 年那个冬天
我的大学办在了海伦的一个大车店
头脑昏热的主儿什么事不能干？
安排我们在室温零下读书与就眠

粮食奇缺以甜菜樱子果腹
我永远不忘振文大舅的"一饭之恩"
作为中医的大舅来海伦有医事活动
他找到我，安排了一顿上好的饱饭

在温暖的饭店面对饺子和"羊包袱"
舅舅说，你一定吃饱，吃一顿饱饭
我冒着蓝光的眼睛闪烁着点点泪花
这个冬天出奇的冷，此时我饱尝温暖

多少年流水一样流走了时光和往日
长辈们不在了，但爱和关切永在
那些艰难中的体恤和扶助，那些情义
给了我生命的延续，以及人生的承载

2019 年 6 月 20 日

想起我的师长们

从小学、中学到大学
我的师长接力相续十余载
在我身上完成了一个过程：
启蒙—中继—授业

他们为师的品质与学识
他们作为长者的音容笑貌
那用在我身上的时光与心思
作为门生与弟子我永不忘怀

他们中的大多数已经作古
我追思望奎、海伦和哈尔滨
一个个教室，一个一个讲台
一个一个有个性的鲜活面影

是谁安排我们做了师生？是
谁安排我们交集在那一时空？
课堂远去了，师心永远如诗
在冥冥中，我依次回到从前

2019 年 6 月 18 日瞿秋白就义日

深韧纠葛的芦根

芦子此时是庄稼地上的荒草
它夺取了禾苗的雨露和养分
必须把它连根铲除方能助苗生长
它的根可是扎得很深很深

面对芦子纠葛的地下根茎
我，一个十岁的孩子手握锄杠
满身汗水，满手血泡
那么荒的地，那么望不到头的垄
芦子何时能铲尽？
大人在前面亦是力气耗尽
不时回过头看看应该握笔的孩子

一百年不遇的大水改变了命运
家庭的，和孩子的
大水把我从燕赵冲到了关东大地
离开草香奔向了书香
一伸手还会想起深韧纠葛的芦根
然而，却是芦根
系住了我此生不解的乡愁

2019 年 4 月 3 日

飘来故乡的云

一朵簇拥苇叶似的白云
停泊在我的头顶
白云啊，你一定来自我的故乡
我看见了我儿时认定的标识

我的故乡是一个小小的村落
原在油葫芦苇泊的南缘
油葫芦泊被狂躁毁弃之后
我心中失去了仅有的参照系

在梦中我曾那样忧伤地哭泣
没有了，我收割过的一片苇田
秋冬的苇花在白云下恣意飘飞
流连在我儿时苍茫的时空里

眼前，一簇苇叶似的悠悠白云
我泪意朦胧地，它也不无伤感
相互凝望着，仿佛走回七十载
此刻寂寂地苦笑，默默地解脱

2019 年 4 月 19 日

忽然想起故乡的水泡子

忽然想起故乡的那个水泡子
想起那个水泡子,就仿佛
回到了故乡,回到了从前
那个小的,但有忧有虑的时候

水泡子是我们小伙伴尽情释放
孩子的难以压抑的冲力的地方
我们把草捆脱身放置水边
扯下衣服就急忙跳进泡子里

我仰望高远的头顶,伏卧水波
拍打着水中的天光与云影
大家那种恣意,那种无所束缚
那种激发的率真,浊浪滔滔

浪里白条们仿佛还在眼前闪动
击打的水声好像还在耳畔震响
小伙伴们今何在?乡土原已杳
七十多年无踪影,往事已随风

2019年4月22日

杨柳依依

梦中的故乡

一切都来得那么真切
可视听，可感觉，可触摸
我，那时还是一个不大的孩子
从我们居住的西厢房走出来
（妈妈说，别远走，一会儿吃饭了）
我衣衫褴褛，诚实的眼睛含着忧郁
站在庄头四顾我的庄子
那前后两街、东西两头的村落
浓浓淡淡的炊烟，随风飘散
那大水井，小石桥
（桥下有蛇在爬行）
那大水坑积满雨水
（坑里有戏水的顽童噼啪作响）
庄南一丛丛柏树，一片片碱地
庄北油葫芦苇泊一望无际
（泊中有水鸟飞起飞落鸣叫）
端午节要拔麦子
高粱玉米挺高了
台地上的棉花也长起来了
（棉枝旁劳作的老叔哼着小调）
喂牲口的芦子青了一茬又一茬
（我闻到了嫩芦的清香）
我呼唤小伙伴——我的本家兄弟
他们没有应答

突然出现了他们又老又弱的身影
（我退休后返乡留下的记忆）
怎么转眼之间如此不敢面对？
我的一声惊讶，自己惊醒了自己
我的思绪已经出离缥缈
我的感觉依然淹留梦境
还在记着妈妈给我留的饭食
（饭食是那个时代的一个难题）
一颗清泪不知什么时候滚落出来

2018年7月19日

我读地图

我读京津间的地图
我的目光落在唐山周围
我的故乡就在这一个小点上

这是唐山
这是丰南区
这是南孙庄乡
我的故乡不够最小的乡
上不了地图

我的故乡只是一个
小小的村落
她名为何仓庄

我定睛凝视着故乡的小点
故乡即在地图上矗立起来
那是她的庄头
那是她的大井
那是她的土地庙
那是她的前街后街
那是她的苇泊

倏忽驰骋三千里
蓦然回首七十年

2018 年 4 月 2 日

怀念老家

老的时候，怀念起老家来
怀念老家心就激荡起来
心在苇泊里随风荡漾
心爬上苇子的梢头
心穿过每一片碧绿的苇子

老的时候，怀念起老家来
怀念老家眼睛就模糊起来
看到的是雾中迷离的小村庄
那庄南一丛一丛的柏树
还有小伙伴依稀的身影

老的时候，怀念起老家来
怀念老家步履就雄健起来
我仿佛走在回乡的小路上
那是白高粱，那是棉田
还有蝈蝈发出的阵阵乡音

老的时候，怀念起老家来
怀念老家思绪就绵长起来
我的几代长辈们都健在
多少家族的故事正在演绎
一辈一辈诉说着人间的沧桑

2018年4月28日

世事沧桑说月色

那只是一地月色
铺在少年的夜晚
我没有记得是哪年哪月
这是我写作业的间隙

我周围那么静
头顶的月儿本体，和
地上的月色一样静
一排房屋也立在静中

多少年过去
多少地方变换，直上层楼
最亲的亲人已谢世多年
我一颗老心也沉静了

我站在耄耋
夜那么静，我料定
我最怀念的是父母在
月色中的那种宁静

2018 年 9 月 14 日

月色里的少年

我曾是月色里的少年
月色里少年的我
打青柴、拔豆根、搂豆叶
分担母亲的辛劳和忧愁
做侠客与小伙伴一同演绎
毕竟我还是一个孩子
但我是一个有忧有虑
身披练也似月色的少年

我曾是月色里的少年
月色里少年的我
知勤奋、负辛苦、懂进取
理解家庭的期盼和担当
争前锋与小伙伴一同成长
毕竟我未脱稚气和天真
但我是一个学恒学刚
身置银也似月色的少年

当年月色里的少年
今时今刻已是龙钟老态
何曾忘记与月色的交契？
于是——
我唤月色别美的名字
那一庭如练的蟾光

杨柳依依

弥漫而来
我呼月色心动的称谓
那一地如银的娥影
灵动而来
今夜梦也似的幻
今夜诗也似的美

2018 年 7 月 5 日

许多记忆留在少年

许多记忆留在少年
让少年丰满起来

少年,在雨中,瓢泼的
大雨,际遇在田野,和那
荒甸,还有徒步百里的
漫漫长路,天浴如洗

少年,在风雪中,风雪
怒号,凛冽如刀,赤手
挥镰,脚踏冰雪好似猫咬
独在白皑皑中立身

少年,赤脚在晨露中挖取
野菜,草叶快似刀刃划破
皮肉,选取可食野菜
要紧,不计区区小伤

少年,衣单在霜白中劳作
霜重仿佛是上苍漫布的
月色,在天光的微茫之时
如锦的朝霞红了东方

少年,在希望的明天里

杨柳依依

奋勉，不管遭遇多少
艰难，都是命运的安排
亦是成长的应有之义

有一天，少年的我老了
常常怀旧，忆想少年的事
怀旧总会无视艰难，把那
幸福和甘甜放得很大

其实，所谓幸福和甘甜
就是因为那是金色的少年
少年的路很长很长
而幼年却伴着无知和懵懂

今天，我愿再把雨雪和
冰霜，把苦累和冻饿
投进我身，我会甘之如饴
因为我是少年的我
少年是何等富有——
他有青春如海的青年
他有事业如山的中年
他有心静如水的老年

少年，哪怕带有不可知的
风暴，我也愿重走一遍
少年，以破人无再少年的
定式，铺筑一条来世的路

2018 年 10 月 17 日

当我少年时

少年的阳光那么灿烂
天空那么蔚蓝
少年的风景那么诱人
大地那么广阔

少年的月色那么清明
周遭那么安静
少年的梦寐那么简约
情义那么无价

少年的光阴那么珍惜
读书那么专注
少年的精力那么充沛
劳作那么自觉

少年的胸怀那么坦荡
目光那么清澈
少年的志趣那么高远
心性那么纯真

过去了，留下的
往往是真金白银
意愿中的美好与美妙
人间最美是少年！

2018年4月18日

那些草绿了的少年

草绿了的少年，要比
花红了的少年坚韧
草野中的少年离不开草
从草一出生就与草相伴
柳蒿芽、婆婆丁、苣荬菜
进入人生的饭碗
高大的蒿草燃出了淡蓝的
炊烟，支撑起求学的时光
一面是带着苦味的草香
一面是带着涩味的书香
草香与书香合成了我的
少年时光，少年时光很美
苦中，演绎少年乐的情趣
涩中，陶冶少年进的心志
阳光照亮草野和我单薄的
身影，我在草野之中
月色默识书行和我求知的
意念，我在书行之巅
多少个春秋俯仰岁华之后
我总是记挂草的葱茏葳蕤
不能忘怀那些草绿了
我的少年，和那些久违的岁月

2018 年 10 月 30 日

雨中奔跑的我

晴日如画
虽然我不能停下劳作
还是情不自禁地偶顾
送入眼帘的美丽

甸子上半人多高的
蒿草野卉摇曳生姿
抹抹汗水的我啧啧
检视一下劳作的成绩

突然，风来了，天漏了
硕大的雨点噼里啪啦
晴天漏，下不够
一时没有停歇的意思
回跑吧，三四里路

雨中的我，速度奇快
奔跑的是少年的精气神
是清贫、可爱的中国

2018 年 4 月 12 日

再次回眸,仍是少年

远在老年的我,再次回眸,仍是
少年,秋的声音,常常是叶落的
声音,虽在深秋,我的声音
不是叶落的声音

花有重开日,人无再少年,为何
再次回眸,仍是少年?因为
少年是生命的春天,理智的太阳
升起了,把生命辉耀得非常美丽

少年可贵在于葆有天真烂漫,和
无城府的诚挚,爱蓝天白云,和
蓝天白云下的田野、鸟鸣和流水
还有补丁衣内藏起的远志

我是一个幸运的少年,走对了
求学求知之路,踏过艰难险阻
继续跋涉沙漠和沼泽,看准途程
挺住脊梁,对接起青春的大路

2018年11月5日

我少年风景的回望

我少年的风景永远在心
是一幅不会磨灭的长卷
虽然它没有巍巍的山峰
虽然它没有长长的流水
只是恬静的蓝天白云下
一展勃勃生机的大草地
草地上虫鸟的声声鸣吟
时来的风吹拂花草的清香
如果是冬日一片皑皑白雪
枯槁的蒿草在寒风中战栗
这期间总有一位少年
不管是秋日还是凛冽的冬
有伙伴也好，孤独也罢
此来是为了生存劳其筋骨
有时东升的月色也来照拂
仿佛在告诫：莫欺少年穷
少年的风景里，有胆在练
有心野在拓展，有韧在身
今日回望，我血气上升
我少年的风景，你真年少！

2019年4月3日

向谁倾诉

整个秋日，我都在思念
一片夹进日记本里的枫叶
它藏匿了一个时代
一个在我生命中消失的时代

这是一片采摘的叶片
它不是落叶
它怀着未竟的挂虑陨灭了
是我中止了它的幽思
让它木乃伊一样封存了六十年

一片没有来得及霜红的绿枫叶
为一个中学生的流年埋没自己
为那个岁月存留了记忆

对着未终天年的叶片唏嘘
只有唏嘘
六十年青黄如风吹过
便纵有千种风情
我与叶儿，向谁倾诉？

2018 年 11 月 22 日

念　想

膙花，开在掌上如梅
血泡，灯笼般亮在指肚
在岁月里生长，又
消失在岁月里
伸出双手再没有一点痕迹
瘢痕烙印在少年的心上

苦其心志，劳其筋骨
是我辈少年成长应有之义
握笔的手，还要去握
镰刀、锄杠，和时代艰辛
抓一把冰凉，握一把精湿
直至浑身是汗，热气蒸腾

是艰辛，也是一种福分
我的少年草甸子一样美丽
花草的清香，虫鸟的鸣啭
在耄耋之年远比瘢痕清晰
不是当年的铁石磨砺
哪有今日的拿得下走得起？

2019 年 3 月 28 日

柔情蜜意者谁

一个个日轮，汇成月轮
一个个月轮，促成年轮
一个个年轮，玉成岁华

一大把岁华，一株巨树
树杈一样多的年轮
树枝一样多的月轮
树叶一样多的日轮
像树一样的生命
人当足矣

求学求知的岁月
在日轮、月轮与年轮
载着我前行的时候
柔情蜜意者谁？

在我房前播种菜蔬时
惠我柔情蜜意，
是春云春雨
在我向晚拾取柴火时
惠我柔情蜜意，
是月光星辉
在我晨读置身倦意时
惠我柔情蜜意，

是雄鸡啼鸣
在我只身徒步百里时
惠我柔情蜜意，
是江湖游侠
在我伦河寂寞孤独时
惠我柔情蜜意，
是万子幻方
在我白山筑路挥汗时
惠我柔情蜜意，
是山野清风

在我窘迫苦闷无助时
惠我柔情蜜意，
是书山籍海
在我心渴沙漠跋涉时
惠我柔情蜜意，
是绯红帆影
在我长夜漫漫待旦时
惠我柔情蜜意，
是缪斯青睐

几十年轮与岁华
离我渺渺而去
然而，惠我的
柔情蜜意
却在我的心灵上
清晰如刻
历历如昨

2018年8月14日

校园的小路

我想起
我读大学时
校园的一条小路

那条小路
通往一片小树林
风吹树叶
腹背相间，作响
沙沙
一种沙曼的清幽
一种沙曼的优雅
那是学府里的韵律
那是青春时的和鸣

我们在那里
席地而坐
朗诵诗篇
探讨文理问题

朗诵的诗篇
权当发表
探讨的问题
远远超出讲义

多少年后，我还记得
那片树林，和
那条小路，以及
树叶的沙沙
因为我许多校园诗篇
就是在那里
初次发表

杨柳依依

2018 年 8 月 14 日

忆图书馆里的静

母校的图书馆
五十多年前的静
依然淹留在我的心上
它静得庄严,静得肃穆
它静得伟岸,静得深邃

图书馆是我们最依恋的天地
学子们纷至沓来
图书馆像一位淑女那样文静
来图书馆如同接近这位淑女
脚步轻轻,动作轻盈
说话轻声
生怕在淑女面前不够文雅

最静的是阅览室
哪怕席位已满
偌大的房间
只有写字的沙沙声
像大森林里风动树叶
正是叶动更幽的境界
偶有情人间眼波的交流
会像秋月一样静美

图书馆里的静

静是大学的教养

静是学府的素养

亦是学子学养的组成元素

杨柳依依

2018 年 8 月 17 日

礼堂里的记忆

大学四年的记忆
礼堂的记忆
别有机杼

春日礼堂外小桃红
开得灿烂
夏日柳丝长
秋日西风扫落叶
冬日身披雪花入厅堂

这座礼堂
四年间参与的活动
像柳丝一样多
又像雪花一样隐去

此刻清点起来，似乎
只余下两部影片的记忆
这个记忆是铭心的
这个记忆是永远的

《法吉玛》[①]，法吉玛爱的忠贞
《妈妈你不要哭》[②]，爱国者的坚贞

---

① 苏联影片
② 法国影片

忠贞与坚贞
人生的脊梁
一旦凝思
我还会像当年一样
潸然泪下

       2018 年 8 月 17 日

杨柳依依

在心的江咏絮师长

我读老师始于沙曼学院课堂
读老师青春风华倾注于传道授业
在经典《青年近卫军》的解释中
让我闪烁一个学子的潸然泪光

我懂老师，老师也懂我
却不是单单课堂所能完成
师生情谊穿过岁月沧桑
岂是短短大学时代所能包容？

老师知我喜爱屠格涅夫翁
她把珍存的《处女地》给了我
与我俄文版的《前夜》交相辉映
存志于我的文学维度和审美中

老师的淡然悠远天赐期颐
是我精神也是生命生存榜样
她温婉淑慧而又善良正义
是我永远在心的师长

2018年9月10日

还记得《西洲曲》那一课

冯宇老师以她女性的细腻和独到
把《西洲曲》讲成我永远的记忆
《西洲曲》和《西洲曲》那一课
是我作为中文系学生的标识

我的"西洲"在何处？如何"两桨"渡？
我的"忆郎者""望郎者"何时现身？
海也似的水空自摇绿，一如课堂中的我
还是寄希望于南风，吹梦到西洲

半个多世纪后我依然心有所系
欢谓我们是共习《西洲曲》的同学
哀悼我们的冯宇老师作古多年
《西洲曲》隐身在我的课本和讲义里

翻阅《西洲曲》，回到那个沙曼从前
可是哪里还有我的同学和诗意年华？
发黄的书页有些感伤在沉默不语
我总是不忘《西洲曲》的情训和诗教

2018年7月2日

从那个春晨我懂得想你

从十二岁那个春晨我懂得想你
从太阳冒红的瞬间我开始想你
从一只小鸟飞起时我开始想你
从迈进教室的那一步我开始想你
以教室里打开的课本尊严我想你
在上课的铃声里我想你

以考入初中第一的成绩我想你
在草甸子打柴的汗水里我想你
在目送白云飘然远去
妈妈等我升起炊烟的时候我想你
在寂寞中制作的万子幻方里
我想你，想你在问学问道中

在大学图书馆阅览室里我想你
在万家农场瓢泼大雨里我想你
在走上讲台第一瞥阳光里我想你
在一个四口之家融融里我想你
在画满两麻袋句号致仕后我想你
在两外孙走向进学高深里我想你

能够想你，是我的追求和福分
还有多少岁华容我想你？哦，未来！

2019 年 1 月 7 日

草叶上的露珠

草叶上的露珠,细小,浑圆
在阳光下,像微小的虹
发现它这个样子的时候
我已经是一个大学生了

那是团山子农场的一个秋晨
露珠里有天空和我的面影
我诗意地注意,审起美来
在心底记忆了这种感觉

当孩子时对露水总是熟视无睹
少年时也不过作一滴水看待
是我缺少情愫木然于斯?
是因为我没有一种文化占位?

今日心底没来由地油然唤起
那滴草叶上虹样闪烁的露珠
信笔记取露珠这样细微的往事
弥补当年没有凝成诗句的遗憾

2019 年 3 月 27 日

夏日乡下夜

我想起暑假乡下的夜
乡下的夜很静很静
偶有几声狗吠
夜显得更静了
仿佛再有一根针落地
都会砸出很大的动静

家人都睡熟了
他们劳动十多个小时
夏夜本来就不长
凌晨还要起大早
只有梦境里可以安歇
这夜也是安顿灵魂的方舟

有我久久没有入睡
暑气笼罩着疲惫的小屋
静的夜也是沉闷的夜
我的眼睛愈睁愈大
我的心野愈张愈小
妈妈睡中的叹息覆盖了我

有我长长陷入煎熬
不知什么时候我似乎睡了
我闻到了草甸子的清香了

只有野地能接纳我的心气
自己是暂时超脱了
可五尺男儿又有什么用?

杨柳依依

2018 年 8 月 2 日

蝈蝈鸣唤秋声

向庭院一路走来
迎着我的脚步
蝈蝈一声声鸣唤
是清冷的秋声

一声鸣唤牵系悠长
牵回那些烂漫时光
也是蝈蝈相伴
我的勤勉少年

暑热退去,绿色变苍
蝈蝈正在坚守初衷
把生命的歌唱到底
秋歌虽然不那么雄浑

何况还有我这个受众
我把蝈蝈鸣唤吸纳入心
敏于秋光秋色
聪于秋声秋籁

2018年9月5日

昨日安静了

不管昨日如何
车水马龙也罢
门可罗雀也罢
现在都安静了

不管昨日如何
气蒸云梦也罢
断肠天涯也罢
现在都安静了

不管昨日如何
更上层楼也罢
独钓寒江也罢
现在都安静了

安静是美丽仙子
安静是高洁女神
昨日皈依美丽
昨日皈依高洁

2018年9月5日

走向明天和前方

生命不止
一直在走向明天，和
前方

一个个明天在路上
等我
一个个前方在远处
把我呼唤

走过童年
我失去了银质岁牌
失去了妈妈讲的童话
失去了祖辈的寄予

走过少年
我走进艰辛
艰辛的生活与求学之路
永记妈妈早生的白发

走过青年
我遇到了长辫子剪成短发的
姑娘，与子相偕
我们有了两个囡囡

走过中年
我深知家庭的使命是孩子的
培养，重于一切名利
当然奋斗终归是奋斗的继续

走到老年
在孤寂与闲逸中把握自己
我还在前行，做我结识的
文字，不称作品说随想

总在求索蕴含生命的奥义
总想抵达诗意的远方
命运对我真的不薄
落在草坪上的夕照依然很美

2018 年 9 月 27 日

杨柳依依

杨柳依依

大青叶的绿

二十年了，大青叶
一直在我的老屋绿着
在我的身畔绿着
无论春夏与秋冬

就这样伴着我的
老年和过往岁月
你不曾有花
似乎也不曾有过花梦

从初始的几片绿叶
如今有了百余片葱茏
还是那样生机盎然
每片叶都尽力绿得碧莹

十五年前曾在花事寂寥的
冬日，面对你青苍苍的
血性，与你一同入诗
青落于青，血落于血上

其实，我知道你绿得
十分艰辛，局促的空间
供给也很有限，我欣赏
你的坚忍和担当

我不知道你还能伴我多少
时光，我还能伴你多少
岁纪，但愿我们心有灵犀
我常常进前濡染你的青和绿

        2018 年 9 月 30 日

杨柳依依

岁月里的风声

岁月自个儿远去了
却把风声留下了
留下的风声锁在记忆里

那是冷雨飘洒在西风里
我逆风行进在乡村的
小路，风飒飒雨潇潇
风雨打透一介中学生的
防护，中学生何来防护？
多少次如是，西风呼号
在记忆里集成风囊
我总想把风囊打开听听

那是漫天大雪搅在北风里
我在草甸子上打柴
发狂的北风驱使光秃的
树木，电线杆子一样狂啸
那种啸声震响了四野，和
飞雪的天空，一回回重复
在心灵里打造成风鼓
让风鼓鼓舞我欠缺的锐气

呼号的西风，呼啸的北风
我非常想念你们

愿你们重现我从前的年华
我不怕贫寒苦累，也不怕
锤打和磨砺，风伯
满足我的一片诚心吧！
风伯摇着头，无奈地
说，那就托付给梦吧！

过去就过去了，勉强剩有
记忆，已经是人独有的
天赋，何再做微茫幻求？

2018 年 10 月 5 日

往事苍茫

随着明天的到来
所有的经历
所有大大小小的事体
都成了往事

事儿排着队走向往昔
记忆的记忆
珍藏的珍藏
隐匿的隐匿
老去的老去
淡忘的淡忘
失忆的失忆
一经别却
往事苍茫起来

苍茫的往事
没有了先前的光彩
只有当记忆的火星点燃
才能朦胧地一现

一现的往事
有倩影如幻临风婆娑
定睛看时
哪里还有踪迹？

往事如潮
一浪一浪淹没在
岁月的汪洋里

我在汪洋的岸边
每每掬一捧逝水
每一掬逝水里
都有往事或深或淡的光影

2018年7月9日

杨柳依依

往日的痕迹

许多往日没有留下痕迹
乖乖地走了，悄无声息
从此不想再惊动主人
这样的往日去了忘川
这样的往日无数再加上
无数，在人的身后凋谢

有些往日有心留下痕迹
欢愉的抑或痛楚的
深刻的抑或微细的
永远伴随生命的进程
烙印在心，不离不弃
在人来人往的世界里存续

我往日的痕迹总在遗憾里
唏嘘，那些惠我的时空
尽善，未尽其美也
我不能没有尽善的内觉
落满红尘的身躯在世俗里
奔波，还在奔波？

2018 年 10 月 10 日

这些都不在眼前

满山遍野的鲜花清香扑鼻
蜂蝶飞来飞去
小溪流水弯弯向远方
欢腾的水花耀眼生辉
鸟儿在树丛中啁啾
蓝天白云下蚂蚁在忙碌

皑皑的白雪覆盖了大地
一行行狼迹印在人行路上
寒风呼啸让田野更为冷静
太阳的光芒与星月的光辉
轮番抚慰艰难的时空
犹有梵音来自彼地

这些都不在眼前,眼前
空空,眼前茫茫
我曾追寻一片白云
亭亭白云不知所之
我曾踏访那一地山花野卉
卉子谢了春红杳无音问

这些都不在眼前,眼前书山
巍巍,眼前字海汤汤
我该登顶巍巍书山,泅越

汤汤字海彼岸
那里就有我追寻的那片白云
那里才有我踏访的那个卉子

2018年10月22日

致我的《万子幻方》的十四行诗

我的初恋，我的《万子幻方》
你在一个中学生的深度寂寞中诞生
你就是他所仰之星，所钟之情
少小的勤奋激发了灵感和奇想

纵一百，横一百，纵横一万个数字
是啊，都云作者痴，谁解其中味？
六十一载悠悠，稀疏白发照肺腑
犹记圈定万个数码的那地那个日子

此后，你隐藏身份默默地跟着我
经过毁灭时段和节点，你安然无恙
不止我钟爱你，是你爱我那么执着

读你的时候，自然会想起我的父母
他们那么年轻，却被苦日子忧伤
还有，我不知哪里是你最后的归宿？

2019 年 4 月 1 日

从前我看到炊烟就感到安定

从前，我看到炊烟就感到安定
因为炊烟就是人烟
寒暑假临近晌午我打柴归来
没进柴扉就看见了自家的炊烟
淡淡地袅袅地升起在屋顶
也在屋顶散开来不知所终
我看着炊烟眼睛顿感明亮
一缕缕生之力量向心头涌来

我瞩目炊烟不急于走进家门
我看不够这乡村每家飘升的烟
这是人间最美的风景，我
在省城读书久违了真切的乡情
我知道妈妈正忙着做一家饭食
其实这是一天的第一顿饭
米糠野菜度着家国的难关
但是炊烟让我萦绕着那种安定

2019年5月9日

淡远悠然

淡远悠然的黑土蒲公英
淡远悠然的白山白云
淡远悠然的河头春水
淡远悠然的何仓庄长虹
淡远悠然的大学读书笔记
淡远悠然的文字剪报
还有淡远悠然的我
我们在我的梦中相见甚欢

大家都说，怎么一晃
我们都一大把年纪了
是啊，从前我们并不认可
什么淡远悠然
肯定是老迈与无奈

陀螺一样转过
梭子一样度过
千斤一样撑过
适才理喻——
淡远星光里，上下五千年
采菊东篱下，悠然见南山

2018 年 4 月 12 日

杨柳依依

梦里的月光

人们都有自己的愿望
自己的愿望并非属于自己
神秘的幸运在远方瞌睡
她的身影似有若无

当梦里的月光隐隐升起
从夜的深处传递
人们以为是在愿望里徜徉
飞越花的山岗和一条银色的小溪

我在月光的梦里做着自己的梦
夜的尽头会把我礼送出境
此刻我尽情欣赏梦里的月光
那美的朦胧和朦胧的美

2018 年 3 月 26 日

风中一客忆初心

五月的风吹在树上
我走在沙曼校园里
心思凝重,步履坚实
因为厚重的一部书
多少天了,那个故事
那双人物,那些话语
那不能穷尽的意味
总在我的脑海汹涌
我不再是一个人的存在
我的身上有他们的影子
我校准的人生故事
不能缺失他们的这一个
他们的初心让我心仪
让我虔诚地心仪久久
他们的初心也是我的初心
还有什么比之更珍贵?
无论有月还是无月的夜
任风儿吹乱我青春的发
我头脑冷静心思专注
一步一步走我大学路

今天春风桃李花艳如海
我走在又一大学的校园
沧桑一念半个多世纪过了

杨柳依依

怎料想我成了松花江城人
当初只有求学求知的初心
只有服膺真理和正义的初心
现在一步一步走我黄昏路
不渝的还是初心

2018 年 4 月 28 日

岁月已经集成这把年纪

岁月已经集成这把年纪
这把年纪覆盖了来时的路
来时的路曲折蜿蜒
曲折蜿蜒成一生的思量

一生的思量总觉有些沉重
沉重的是那些遗憾与感伤
遗憾与感伤就像春草
春草葳蕤相伴岁月

2018 年 3 月 22 日

杨柳依依

写在高中同学集会前夕

海伦五十九届高中同学
在毕业五十九年后
在哈尔滨集会了
大家期待这一天
大家眷恋这一天
我们相逢之时怎么会平静？
有心潮的汹涌
有泪光的闪烁
有滔滔江水一样的话语
有绵绵山峦一样的情意

当年的少男少女
今日已是满头白发青春不再
当年那课堂操场上的演绎
已是历史的一缕云烟
当年的春花秋叶
已融进了岁月淡淡的乡愁
当年的朱瓦红墙
老师辛勤的身影和清脆的铃声
已无处寻觅
当年洒在白山、丰山
洒在东方红和西大坝的汗水
已结晶成我们若梦若幻的记忆
当年的凌云壮志

已化作我们生命史上的点点帆影
当年同学间的向慕和友情
在飞逝的时光里历久弥新
让人倍感珍惜
当年怀抱中的初心和期许
在人生和事业的长河中
支撑我们挺立至今

相见之时恍如昨日
怎么转瞬之间就是五十九年！
岁月如梭变换了时空
不变的是同学的身份和称谓
同学，这是一生的缘分
同学，这是永远的团队
同学，这是紧握的双手
同学，这是相照的肝胆
同学，多么清澈的一江春水
同学，多么鲜亮的一枝红豆

古稀之后的胸怀是宁静的
古稀之后的气度是无争的
古稀之后的见识是达观的
古稀之后的祝福是深沉的
我们越过古稀
不只因为这是生命的必然
更是因为这是岁月的恩惠
我们乐观生命的走向
我们不只为之准备了一副柔肠
更为之准备了一以贯之的初心

我会记住这美好的相见
因为相见激活了别却的往日
以及往日里苏醒的情境
一切都在诉说，一切都在证明：
我们是同学
我们永远是同学
我们是永远的同学

2018 年 5 月 30 日

五十九年后的集会

1959 年的七月
我们在北满粮仓海伦
告别母校,依依分袂
年少的学子闪闪的泪光
聚焦在第一中学的母体上
再见了,尊敬的师长
再见了,亲爱的同学

五十九年后的明媚时节
我们在哈尔滨相见了
走过来,集合在植园的门前
我们同六月旖旎一起入影
靠拢来,团聚在期许的身畔
我们与八方足迹一并流连

盛开的红花紫卉白芬
馥郁着我们的湛湛晚晴
深沉的话语眼波意念
缱绻着我们的绵绵幽思
屏息瞬间,献给明天回忆
笑意隐约,蓦然昨日贲临

一桌菜肴盛不尽幸福
把酒频祝同窗拳拳情谊

杨柳依依

犹记做学生时一箪食、一瓢饮
绿树红墙中甘苦同尝
值此欢歌笑语故事与辞章
让我们的心迹在长天回响

2018 年 6 月 7 日

再不相聚我们就真的老了

离开我们朱瓦红墙的母校
告别我们的中学时代
别却县域的懵懂和憨实
分手那一刻的朗朗云空
已经整整，整整六十年了
六十年，一多半的一场人生
六十年，一大半的天赐生命
再不相聚我们就真的老了

趁我们仍能自如地南来北往
趁我们仍能裕如地抚今追昔
趁我们犹有激情似火
趁我们犹有柔肠似水
相聚就有最美的忆念
相聚就有最好的砥砺
相聚勾起最热初心
相聚烛照最侠肝胆

六十年，什么都老了
青春，人生，期许，名头
不老的是——
同学，这个称谓，这种缘分
永远是这么美好，这么真纯
像鲜花一样带着朝露

像清晨一样带着朝霞
像青春一样带着朝气
像韶光一样带着朝夕

同学，是一种岁月
同学，是一种品质
同学，是一种机缘
同学，是一种永远

2019 年 5 月 12 日

到了离不开怀念的时候

我怀念童年时夜空闪烁的星星
星空下妈妈手牵手地指点
我怀念月色里凄美的童话
妈妈一面讲一面泪眼婆娑

我怀念小油灯、课本、小屋
妈妈和妈妈炊烟一样的话语
我怀念小县城、街道、校舍
少年和少年蒿草一样的身影

我怀念工作着是美丽的时日
那第一个新程和母训收获的果实
我怀念两个小囡初来乍到的日子
她们的成长紧紧系着我和妻的心

我怀念初入老者队列的时候
芳华虽逝却仍葆有不灭的光晕
我怀念每一个缓缓步去的昨日
我似乎到了离不开怀念的时候

2019 年 4 月 22 日

我抵达许多年之后

我抵达了许多年之后
那些一个个从前都远去了
留下的是苍老
苍老的身躯和苍老的记忆

记忆总在淘漉和删节
愈是早年的愈是清晰深刻
母亲的怀抱总是温暖安然
祖母的爱和启蒙铭记终生

灿灿的阳光与婉转的鸟语
生命的时空腾挪到了今时
一节节跳动的音符，禅意
一行行触动的诗句，初心

今日是从前的几十年之后
七十、六十、五十、四十
白云经停处，红尘念亦长
岁月捋着白须沧桑言不尽

2019 年 6 月 25 日

我怀念徐来的小风

清新清爽的小风,情愫徐来
就像耳畔轻轻的微语
就像陈年老酒的微醺
就像绽开蓓蕾的微妙
就像婉言提醒的微辩
善解人意的小风,爱意徐来
宛如撩拨心弦的小曲
宛如启人心扉的小诗
宛如曲径通幽的小路
宛如幽默开心的小友
徐来的小风,曾经伴我青涩少年时
徐来的小风,曾经伴我学业未竟时

徐来的小风,链接一种梦幻和情致
让笑影倩兮,云影飘逸,花影美艳
徐来的小风,营造一种意境和氛围
让心意畅通,笔意淋漓,命意彰显

我的思绪同小风一起游历所之所往
在书的世界和书的时间里恣意徜徉
我的思维同小风一起落键盘与纸上
跋涉崎岖心路,点染心血斑斑留迹

2019 年 6 月 11 日再组

不渝的草恋

草类在我的心目中
是平凡的,也是被牵挂的
草是绿色,草是生机
草是坚忍,草是岁月

我的草恋,也是童恋、少年恋
是草陪伴我童年和少年的许多时光
我的草恋,也是乡恋、农家恋
我与草过从甚密——
取草为菜、为柴、为景致、为风光

平实而素朴的草儿让我依恋
勤勉而灵性的草儿让我眷念
风摇叶落,文人最苦忆红颜
日旭霞归,雅士最难识青草

2019 年 7 月 4 日 修录

不泯的芦苇之恋

不知是因为芦苇曾是故乡的标识
还是因为芦苇曾伴我走过幼时的岁月
我啊，我如此眷恋芦苇？

不知是因为芦苇曾是贫瘠的记忆
还是因为芦苇曾让我铭记永远的场景
我啊，我如此怀恋芦苇？

我如此眷恋芦苇
仅仅是因为芦苇拟做我故乡的图腾
仅仅是因为芦苇拂绿我孩时立锥之地？

我如此怀恋芦苇
仅仅是因为芦苇长入我贫瘠的时光
仅仅是因为芦苇飘逝我冥时追思之慨？

无边无际的苇泊，春来绿波如海
永远荡漾着我的流年和记忆
有岸有涯的苇泊，夏临青帐如林
永远弥漫着我的诗情和想象

2019 年 7 月 4 日 修录

勿忘我

草地勿忘我
我曾是你的伙伴
那个左手握镰的少年

月色勿忘我
我曾在你的辉耀下
向晚的时候捡拾柴火

露珠勿忘我
我曾在你打湿的田垄上
赤着双脚走过艰难

苇泊勿忘我
我曾和妈妈走进你的葱郁
盼你带我们走出贫困

乡愁勿忘我
我永远执着这份情缘
地老天荒都不会终结

2018年8月17日

沉　思

生命给了我沉思
我在人生的进程中学会沉思
教养和学养升华我的沉思
文气与诗美凝结我的沉思

我沉思依傍的长辈一一离去
留下的往事日益湮没
我沉思乡愁和苇泊踪影依稀
这仅有的思绪传递给谁？

曾伴我呼啸的北风已是久违
想起来总是让我不忘来路
那些如水的娟娟月色
给了我一生一世的梦

那些工作着是美丽的时光
接续来生活着是美丽的今时
耄耋之年，我仍愿沉思
沉思像呼吸一样伴随我生命

2018 年 11 月 28 日

在老屋，看逝水如斯

时光历数着过往
我历数着过往的岁月已经苍茫

我们生命煎熬过后
照做宁和的梦自有孙辈福字护佑

禹儿呼唤
告别无语的书和大青叶的流连然后离去

然后，文景花园的四季报春和落地生根
一直相伴

日月星辰似乎依旧，春秋代序如水不回头
两把多年轮转过，仿佛倏忽

2018 年 11 月 5 日

运动会场的感慨

一年一度的学校运动会
成了我们这把年纪的人相会的时机
不管是步履尚稳
还是趔趔趄趄走来的
不管是白发苍颜
还是日益彰显老态的
只有此刻，大家能够在台上出现

大家出现在台上
——握手，互致问候
每个面孔都努力灿烂起来
这么快又是一年
谁又能不老
不错，不错
有年轻人肯为这些人留下一影

情不自禁环顾左右
去年来过今年没有来
在心里默想
已经走了，来不了了
还有因病弱支撑不到这个台上
从前曾是那样叱咤风云
年深岁久矣

杨柳依依

风光旖旎的台上所及并不相同
因登临者异而异
岁月不居，一度一年
台下青春学子大展芳华
半个多世纪前我和我们也如是
人生当追求超越年纪的身心康泰
遥遥望白云，思绪一何深！

2018 年 6 月 15 日

在哈师大附中六十年的天空下

九月八日，十年一度的集会
在操场露天进行
这是第六季检阅芬芳桃李
想来的、能来的，来了
请来的、该来的，来了
今日，在这六十年的天空下
典礼，一个花甲的参差

湛蓝的秋空，阳光温煦
风儿淑婉得像妮子
能助兴的都来助兴
有缘的见上一面——
十年又见面了，握手言欢
廿年见面的，问候致意
卅年相见，欲知行踪
卌年才见，端详有顷方唤得出
名字，时光如水一直在漂洗
五十年一见，模糊了面影，但
贮存着记忆，一经点明
往昔和苍茫翩翩而至

岁月总是相伴着遗憾，和
无奈，还有惋惜和疼痛
上个十年会面犹意气风发

杨柳依依

今个十年不见了，是说
亲密者，手足样情
竟少了好几位，三人成众
业已大于众了，深觉
悲戚袭来，以致内心潸潸

2018年9月10日

邂逅当年的朗诵者

"老师,我是张曼丽!"
"啊,曼丽——"

还记得吧
祭扫烈士墓
是你写的悼词
我朗诵的——
献上
这一环环
洁白的花圈
献上
这一片片
纯真的敬意……

那是五十三年前的清明
祭扫烈士墓
曼丽还是初二的小女生
罗礼的弟子
她代表红领巾
在哈尔滨烈士陵园
朗诵悼词

五十多年,难得
这样一见

杨柳依依

谁心里都记得当年的
一幕

也是当年
罗礼告诉我
那次语文中考题目是
《记祭扫烈士墓》
张曼丽做完作文去交卷
差点撞到墙上——
她沉浸在激动中
可以说，她"入境"了

还是当年
我读了张曼丽的作文——
这一天，我的心情
异常激动，一颗心
仿佛就要跳出来了
因为我要在烈士墓前
代表全校的少先队员
向永生的烈士致悼词
我好像看到千千万万个
红领巾举起手来，和
我一同宣誓

我还读到其他年级的反响
作文本与日记本上的闪光
一个红领巾举着小拳头
一字一句深沉而有力
我们也毅然地昂着头

紧紧地攥起拳头
风儿似乎听懂了我们的话
开始慢慢地动起来
吹动我们胸前的白花
拂动着少先队员的红领巾

今天，我们在附中
六十年的天空下不期而遇
岁月忽兮，当年远兮
那时的红领巾现在，也
一个花甲多了
难得的是相见未忘前身

当年已是昨天
我在笔记本上找到了昨天
当年活色生香的一幕
岁华如水，但总是润泽
芳馨

2018年9月12日

心中的乡愁

乡愁是一朵金黄的蒲公英
乡愁是一枚丹红的枫树叶
乡愁是一株洁白的虞美人
乡愁是一枝淡蓝的勿忘我

乡愁是青莹莹的草地
野花缤纷开
乡愁是绿油油的麦苗
端午覆垅黄
乡愁是茁壮壮的棉田
秋来长绒白
乡愁是高挑挑的苇子
冬临苇花飞

乡愁是童年的嬉戏和幼稚
乡愁是少年的追寻和天真
乡愁是青春的汗水和浪漫
乡愁是壮年的匠心和厚实
乡愁是老年的智慧和皈依

乡愁是一把泪
一把苦涩涩甜津津的泪
乡愁是一生情
一生忘不了舍不得的情

杨柳依依

乡愁是一怀温柔
母亲般的温柔
乡愁是一抱依恋
情人般的依恋
乡愁是一等深意
海洋般的深意
乡愁是一种尊崇
天地般的尊崇

乡愁是心灵的一种共鸣
乡愁是精神的一种寄寓
乡愁是情感的一种分割
乡愁是遗憾的一种补偿

乡愁如离离春草，生生不息
乡愁如湛湛夏夜，绵绵回味
乡愁如朗朗秋月，久久在心
乡愁如皑皑冬雪，白白无瑕

乡愁如慕，慎终追远
顶礼膜拜列祖列宗
乡愁如诉，继往开来
世代相承情义为本

乡愁里有祖国的身影
就这般教人心魂皈依
乡愁里有世代的标识
就如此令人心怀激情

2018年10月25日

欢会老同学

老同学自家乡来，不亦乐乎？
最是"不出头"（田）会"出头"（由）
同一窗棂，我们共学四载
多少往事堪重数？

老同学相会
总会翻动一下陈年旧事
五十多年前的青春年华和抱负
还会无声地闪动一下

能够走动在今天的老年现实里
心有意而力尚足
我们都感到应该聊以自慰了
岁月啊，得饶人处也且饶人吧！

2018 年 6 月 20 日

我喜欢风

我是孩子的时候喜欢风
当风儿咿呀呀地吹转
孩子手中的小风车
当风儿吹去孩子满脸汗水
当风儿吹绿了满地春草
当风儿吹动着苇泊的时候
我认识了风,我喜欢风

我是少年的时候喜欢风
风儿是陪伴我劳作的帮手
我去草甸子打柴它追随我
为我擦拭汗水送来清爽
在我困倦时与我阵阵清香
携来一声声鸟鸣
让游弋的白云开阔我的视野

我是大学生的时候喜欢风
天苍野茫,风吹草低见牛羊
南风知我意,吹梦到西洲
北风吹白云,万里渡河汾
西风,从夏梦中唤醒地中海
东风无力百花残,残也不朽
风萧萧兮易水寒,声动古今

杨柳依依

我是老年的时候喜欢风
回想惠风和畅温婉淑瑞
一声声把我呼唤，把我激奋
我也怀念呼啸在雪野里的寒风
在如慕如诉，如怨如艾声中
提升我的心灵境界和笔触幅员
给我豁达的情怀和诗性的想象

2018 年 6 月 25 日

时光总是在飞逝

时光在飞逝
从有芽无花的早春
到绿荫满眼繁花如锦的夏至
我草书了这几十首诗草
算作是在时光的飞轮下
定格的一蓬蓬火花

时光是在飞逝
无忧的孩童，天真的少年时代
金不换的青春时代
还有工作着是美丽的时代
几乎都淹留在上一个世纪了
与我同来新世纪的只余老年了

时光总是在飞逝
草无忘忧之意，花无长乐之心
人呢，不该愚钝于花草
当清醒地知晓日日如梭
清醒又能如何？
应以百种方式珍惜每一个来日

2018 年 6 月 21 日

那么久远的事偶尔也来光顾

我记忆深处是一片浩瀚的大海
许多久远的事藏入海底
连我自身都不知道藏有什么
记忆的海无声地在那里沉默

因为年久，因为世纪沧桑
每每踏着岁月的落叶蹒跚行进
我也不知如何光顾记忆的海
如何回味海的风光和它的襟怀？

一日日在平淡中消隐了身影
有时或为记忆的海添加些许浪花
往昔日益往昔，从前愈加从前
没有目录，没有索引，如何钩沉？

谁料想那么久远的事体说来就来
如此突兀而鲜活，像花儿顶着晨露
我仿佛返老还童，少年在身
啊，我的百岁沉香，我的忘海遗珠

2018年6月20日

孰料已是这把年纪

1959年的秋风把我们吹到沙曼
开始了我们瑰丽的大学时代
我在此班，你在彼班，他们另班
我们一同在大教室里完成学业
我们听讲《离骚》，背诵《离骚》
在《红楼梦》里玩味双玉读曲
我们一起结识了丽莎和甘泪卿
虽然我们之间无从结识
我们一起领略了李商隐的"灵犀"
虽然我们之间不通"灵犀"
"你是天上的月，我是月边的寒星"
田汉大先生若有所思，微微一笑

2018年的罡风把我们吹回沙曼
孰能料到我们再次相见，深沉相见
多少往事堪重数？孰料已是这把年纪
想想往昔，看看现在，目光何处安放？
被诗句和眷顾覆盖的旖旎时光
又像从前回转身来静静地凝视我们

2018年11月20日

教室里，我的座位

教室里，我的座位
从 1950 年春到 1963 年夏
从小学到初中，再到高中
直到大学最后一课
在望奎，在海伦
在哈尔滨曾经娴静的沙曼

教室里，我的座位
由草香辗转到搭界书香的时候
在少年的无知和热切的求知里
在少年的本色天真和早慧里
在充满力量充满期待的青春里
在伴有忧虑伴有艰难的青春里

教室里，我的座位
在十余载的漫漫时空里
在《狼牙山五壮士》的课业里
在"排列与组合"的作业里
在"月涌大江流"的品位里
在埃斯美拉达的最后的绝美里

教室里，我的座位
在春种一粒粟的沉甸甸希望里
在夏树郁苍苍的思远念乡里

在风霜高洁的晓风残月里
在雪花如席的岁暮严寒里
在寸阴无停晷的已有所悟里

教室里，我的座位
在学习知识中走向知识和学问
在倾听真理和智慧中服膺真知
此时此刻我才感知
教室里，我曾经的座位
它已皈依诗意，一切都在诗里

2018年12月12日

杨柳依依

多少年前，我们同学

纯朴，奋进
我们勤学的笃定是同一样学识

蔚蓝，高远
我们仰望的笃定是同一片苍穹

美好，灿烂
我们向往的笃定是同一种愿景

风雨，冰霜
我们历经的笃定是同一重磨砺

缅怀，惋惜
我们记忆的笃定是同一抱岁月

多少年前，有缘，我们同学
多少年间，有情，我们相忆
多少年里，有事，我们相烦
多少年后，有心，我们相聚

2019年1月9日

怀念野地

居然怀念起野地？
是的，我怀念野地！

我怀念春天的野地
野菜长出来了，多嫩呀
我怀念秋天的野地
秋草挺实起来，清香扑鼻

我怀念儿时的野地
小伙伴们一起在野地成长
我怀念少年时的野地
野地长进少年的记忆
我怀念大学时的野地
野地纯净了我青春的心志

我怀念故乡的野地
那是对族群最朴素的感知
我怀念入乡的野地
那是对家国最真挚的认知

2018 年 11 月 28 日

逝水穿过岁月

逝水无波,静静地穿过岁月
把波浪和喧响留在人的记忆里
也消失在人的记忆里

穿过岁月的逝水,向忘川流去
偶尔会有涓滴溅出润泽往事
让些许往事不致凋零

人是匆匆过客,熙来攘往
逝水也是过客,一去不再回头
只有岁月永恒

永恒的岁月,过去的是悠悠的
历史,即刻是短短的现在
未来是鱼贯而至的漫漫的长路

人生是一段有限的流水
流水一经在身前流过就是逝水
逝水穿过岁月,流向冥冥

2011 年 8 月 12 日

我总是希望

除了天上的白云，没有什么能引起我的遐想
除了荧屏上的字迹，把握从我身边飞逝的光阴
除了临窗的阳光，没有谁倾听我心海的涌动
除了一片两片晚落的树叶，皈依到落叶的去处
除了眼前天真的书，默默地贮存着老道的心香
除了此时浮动起来的一捧寂寞与忧伤，与悲悯
那些日子与年华，青春与抱负，一同走远了

我经历的事体、文字，路与桥，饭食与盐
那些风雨夜，枕戈达旦，那些霞光中的苍茫
那些有过的幸运和福气在岁月中升腾
它的气韵抚慰我内心的感伤与疼痛

在老年，我，一个不好再充盈想象的人
除了总是希望，还剩有什么呢？
除了每天怀着思绪拖着自身影子奔走老屋之间
我总是希望岁月的鞭子别忘抽打我和我的影子

2018 年 12 月 17 日

难得青涩

一日日苦躬
一番番磨砺
一大把年纪
心血浇灌的果实
心香馥郁的果实
依然青涩
青涩标识没有过气？

勿忘我
勿忘我的从前
我的从前是青涩
那是青春的底色
那是生命的蔚然

成熟固然好
成熟归于老道
青涩亦美
美在还有担当与
久长

2018 年 12 月 20 日

这些陈年老书

这些陈年老书
比我的孩子还要大上好几岁
它们的纸页泛黄了
像我一样显得苍老

它们伴我读完大学
捧起来就像捧起那些时光
翻动书页就翻动了那些往事
往事有些青涩,但青春炽盛

几经变迁,又历劫难
我的同它们的生命相互支撑
我爱它们如同它们爱我一样
书香心香让人这般眷恋

我们是陈年老人与陈年老书
年轻时日不复返,只能更老
但它们的生命远比我久长
它们应有个仍被爱惜的归宿

2019年5月17日

挂在老屋的老挂历

今天无意中一眼瞥见了
挂在老屋墙上的几卷老挂历
每日里来来去去熟视无睹
为何今天像似一种新的发现？
也许是年终岁尾对那些装置
岁月的容器，突然敏感起来了？

一卷是 2001 年的金玉满堂
我曾是那样地渴望新世纪的晨曦
一卷是 2004 年的金猴大发
那日月流淌的是生命的存活之水
一卷是 2005 年的洪福齐天
我依然想诗意地栖居在时光里

时光远去的苍茫的目光里
流连着我失而复得的幸运和康宁
那些年月，那些惠我的光阴
也有别人未曾用旧的美和远方
我的生命又能像笔墨，写那些
有用没用的字字句句和篇篇章章

2018 年 12 月 29 日

我记住了许多名字

我记住了许多名字
我记住了许多人和人物的名字
他们是我的亲人，我的
同学和师长，我的学生
我的同事，我的友人
我膜拜的英杰、先哲和前贤
我倾慕和心仪的人，一面缘
与无缘结识却耿耿于怀的人

我记住了许多名字
我记住了许多书和书籍的名字
它们是我的导师和训育者
我知识和学问洪荒的开垦者
我的梦和远方，诗和远方的
启示者，我孤独与寂寞的伴侣
还有那尘封已久无人顾念的
却令我永不背弃的故乡般的你

我记住了许多名字
我记住了许多草和草类的名字
它们走进并陪伴我的生活
在那生之艰难的日子里，它们
作为柴草燃起淡蓝色的炊烟
作为野菜果腹我才有的未来

草的清香永世馥郁着我的忆念
我把它同书香一样供奉于心灵

我记住了许多名字
我记住了许多事和事体的名字
它们几乎合围了人的一生
让人须臾都摆脱不了那种制约
人能求静吗——那种内心的
宁静？除非我们超绝红尘
听雨，听雪，听涛——波涛
或松涛，那一刻我就仿佛绝尘

我记住了许多山水的名字
我记住了许多花木的名字
我记住了许多城镇的名字
我记住了许多知识的名字
世界是由名字组成的
世界总是不断地创造名字
可是，我还不知道你的名字
在那邂逅的短暂时空里

2019 年 5 月 8 日

卷三　指归或或

什么都可看淡，唯独时光不可

财富、名利、得失，甚至际遇
都可以看淡，淡若流水
唯独时光，时光不可
因为时光与生命同在
我的时光应是我的身内之物

爱好、追逐、收获，甚至机遇
都可以看轻，轻如风烟
唯独信念，信念不可
因为信念比生命重要
我的信念应是我的立身之物

伤感、艰难、苦痛，甚至遭遇
都可以看了，了无痕迹
唯独信仰，信仰不可
因为信仰比生命尊崇
我的信仰应是我的皈依之物

2019 年 6 月 27 日

马克思诞辰二百周年

整整二百年
整个世界发生了深刻改变
不变的是永恒的真理
不竭的是永续的智慧
永存的万世经典
永远的人格魅力

永生的1818年5月5日
德国特里尔古城
《共产党宣言》《资本论》
全世界无产者，联合起来！
瞩目东方我古远的祖国
深情命名以待中华人民共和国

海格特不朽的灵魂
人类最伟大的思想家
最伟大的革命导师
信仰，崇拜，觉悟，追随

一切最有分量的词语全部用罄
还是如此难以穷尽表述与评赞

2018年5月5日

能留给世界什么呢

朱毛红军留给世界终以
中华人民共和国
田汉聂耳留给世界终以
义勇军进行曲

文山将留取丹心照汗青
最后留给世界
秋瑾将秋风秋雨愁煞人
最后留给世界

王勃留下落霞与孤鹜齐飞
秋水共长天一色
应说就够了
范仲淹留下先天下之忧而忧
后天下之乐而乐
已经很重了

幽州台的歌留下陈子昂
如经如史的诗情
醉翁亭的记留下欧阳修
如山如水的文心

柳永留给世界不只是
杨柳岸晓风残月
元好问留给世界至少是
问人间情是何物

2018年5月3日

玉容镌留祖国山河

留得玉容在青史
留得玉容在人间

名垂青史的"八女投江"
八位女战士,八位烈女——
天资聪颖、才情横溢的冷云
直逼须眉的神枪手胡秀芝
俘虏过日寇的勇士杨贵珍
抗联军中的百灵鸟郭桂琴
俊俏而窈窕的美女黄桂清
天真勇敢坚强的小大人王惠民
常为战友缝补征衣的李凤善
深受战友敬重的大姐安顺福
八位女战士中,只有冷云留有
照片,七位是画像留给青史
像刘胡兰烈士一样
像许许多多烈士一样
这不是历史的疏忽,却是
历史的遗憾
这不是历史的失位,却是
历史的苍茫

好在,她们的玉容,还有身影
永远镌留祖国山河

她们的名字，在抗日战争史上
在中华民族抵御外侮斗争史上
在中国光辉灿烂的历史上
永远的烈女标芳
她们有一个共同的英名——
"八女投江"

乌斯浑河因她们而彪炳历史
历史铭刻：1938年10月20日凌晨
八位抗联女战士投进乌斯浑河
投进历史的永恒

2018年11月30日

纪念一位母亲和她的家人

北京密云区
有一位叫邓玉芬的母亲
把丈夫和五个孩子送上前线
他们全部战死沙场

这就是惨烈持久的抗日战争
中华民族不屈不挠的血肉长城！
这就是中国兵民的英勇和牺牲
这就是照耀华夏青史不朽典型！

国殇难忘，长达十四年的血拼
覆盖了三千五百万同胞的尸身
一寸山河一寸血
不愿做奴隶的人们，万众一心！

今天在热血沸腾闪闪的泪光中
我们深情拥抱祖国崛起的身影
唯愿我们的后代深谙居安思危
面对全民族抗战始日——哀静

2019 年 7 月 7 日全民族抗战 82 周年

湘籍抗日女护士刘守玫烈士

抗日无名女兵英魂六十六年
始归故里凄美的故事
曾让我泪意潸然感动不已
写下一百零一行的诗作
发表在中国文史出版社的
《胜利之歌》的集中

二〇〇四年九月十八日的上午
湖南革命烈士陵园庄严肃穆
防空警报激荡了和平的人心
在《松花江上》悲怆的旋律中
碑铭穿过历史与鲜血一同滴落——
一九三八年徐州殉难
抗日无名女兵之墓
墓碑上方的一簇花环中镶嵌着
无名女英雄美丽清秀的十八岁身影

今日我在网上知道了烈士的名字
无名女烈士终于有了她的名字
这就是英名刘守玫，刘守玫！

这当是烈士的父母无限爱意为她命名
是烈士父母唤她到十八岁年华的名字
这是长沙女中师生曾经呼唤的名字

杨柳依依

这是生死场上烈士战友呼唤的名字
这是眼泪流干的父母呼唤不应的名字
这是后来人寻寻觅觅很久很久的名字
这是在湖南汉寿新兴乡揭晓的名字
这是湖南烈士陵园艺术墓园不朽的名字
这是为中华民族的生存而死义的名字

2019 年 4 月 8 日

心屏之素影

一篇心灵的回声
我的心久久不能平静
让我蓦然回到少年时代
我想起那些苏联文学作品
《青年近卫军》
《卓娅和舒拉的故事》
《古丽雅的道路》……
名著的文学魅力
名著的思想教化功力
以及久远的生命力
在我的身上显现出来
当我读出
这一列书名的斯时——
列是列宁的列
斯是斯大林的斯
不可抑制的泪水
悄无声息地盈溢出来
在闪烁的泪光中
我依稀邂逅了
奥列格、邬丽亚
卓娅、舒拉
古丽雅……
那种久违的亲切
那种不泯的敬仰

那种融入肝胆的信念

那种植入骨髓的坚守

此时只有静默

2015 年 4 月 23 日记，2018 年 5 月 22 日录

寻书香，我走近敬畏

我喜欢寻书香
那是灵魂
方能感觉的馥郁

寻书香
我走近田汉
举目《回春之曲》
倾听梅娘的咏叹

背景总是
《义勇军进行曲》的旋律

跟着书香
我走近敬畏

2018 年 3 月 23 日

因为景仰一个人

因为景仰一个人,一位写上历史的人
我常常叩问自己:我是否太无所作为了

我多少次仰望他的著作,星辰一样璀璨
诗人的气质,戏剧家和战士的无畏品格

他是一脉连绵的山系,一座文化昆仑
他的诗家语让文学和文化生发如此魅力

他是热爱春天营造春光的侠义汉子
他的世界活跃着那么多永远的艺术生命

他的歌是我们共和国的形象和尊严
他的命运却足以让我们民族悲怆和战栗

因为景仰一个人,一位当深切缅怀的人
我静默良久,想起深山老人惜蛾不点灯

2018 年 4 月 19 日

抗日烽火中的送别

抗日连天烽火中
安娥送别田汉
以深沉别致的《朝霞曲》——
一缕朝霞
伴着几点炊烟
我送你
在汉水边
以炽热明快的《红焰曲》——
我望着那团鲜红的火焰
渐渐地远离了武汉
我的心
微微有点孤单
我愿追上这团焰火
去到抗战的湖南

这是《渔光曲》的词作者
送别《义勇军进行曲》的词作者
绝世的一双恋人
绝世的抗战岁月

他们热烈地爱着，爱锻造了
他们，也锻造了他们的作品
他们是怀着殉道殉国的动机
生存在战斗在抗日烽火里

他们是暴风雨中有个性的海燕
他们饱经磨难荣膺历史的命名
他们的使命和担当
捍卫了他们的人格和尊严

他们独具灵性慧悟
构建了自身的经典和不朽
他们的作品达到的人性深度
那是文学和文化的欣慰

今天，我读他们
是读爱情和生命的战歌
是读爱情和生命的赞歌
也是读爱情和生命的挽歌

2018年12月27日

我想起书本里的一个人物

是那年初夏的一个早晨
我想起书本里的一个人物
一个不据重要篇幅
但十分鲜明有个性的人物

如果将其放到人群里
人们也很容易寻觅到
就像在清晨的天空之上
找到那燃烧的朝霞一样

后来突然有一天
我发现另一本书的主角
竟是我敬佩不已的你
那些事迹的展开让我更尊崇

于是我把你的事迹和品格
凝成一篇散文诗祭
置于青春膜拜的殿堂
让我面对岁月而肃立

2018年6月25日

再次见到你,克拉拉

克拉拉·舒曼,在你 200 岁生日的时候
我再次见到你,在中国《集邮》的隆重里
为你这位才华横溢的女钢琴家和作曲家
不是因为你是音乐大师罗伯特·舒曼的妻子

我在大学读书时,有幸邂逅了舒曼与克拉拉
那是明媚的六月天,是在音乐艺术浪漫天地
我真倾慕这爱情与婚姻,爱情与事业的经典
你们美的爱情伴我度过没有爱情的大学时光

多少年后,每每想起总像在沐浴爱的春光中
那乐声,那旋律超越时空,永远是爱与美
爱来得那么不容易,那么多悲伤萧索的日子
靠的是爱的坚贞与坚守,这爱让人永世景仰

屹立在音乐史上的舒曼和勃拉姆斯两位男人
抑或挡遮了克拉拉的光彩,但作为十九世纪
杰出的钢琴家和作曲家,以及高尚的
母亲和妻子,你得到了后人的敬重与忆念

德国,将克拉拉的肖像印在货币上,这是
国家级的隆重纪念;在世界纪念舒曼邮票上
克拉拉静静地伴在一旁,却为人们粲然瞩目
如刀斧雕琢,这位伟大的女性印在人们心中

其实，人们更希望能够单独为你寄予情感
不依附舒曼的光彩而独立站在世界的形象
在方寸之间，耸立起你绝世的风姿与仪容
克拉拉总让我想起当年初识你的大学时光

在你和你的故事面前，我总感泪意潸潸，你
克拉拉，大千世界最难为的一位传奇女性
舒曼去世后四十年的坚守，不论艺术还是
爱情，将自己与舒曼束身度过亦堪悲戚一生

2019 年 5 月 21 日

生之灿烂与逝之遗韵

我赞赏这篇
杨绛先生逝世周年的祭文
我好久没有读到
这么有气质有风骨的文章
写了这么有气质有风骨
我所热爱和敬仰的先生

百余年的精神遗存
地地道道的大读书人
充盈在生命中，显现在文字里
是先生深深浓浓的家国情怀

最美妙的发端——
生长在开明的知识分子家庭
这是先生的幸运，何尝不是
先生气质和风骨的源头？

先生的又一幸运——
初恋就遇见了立志做学问
眉宇间蔚然而深秀的钱锺书
他赠予先生绝无仅有的赞美
各不相容却同一在先生身上
这三者就是：妻子、情人、朋友
斯是初恋质的结定

亦是终生不渝的践行

先生二十六岁做母亲，女儿钱瑗
成了先生平生最好的杰作
也成为《我们仨》中的一员
先生的生命进程完整了

先生是有骨气的中国女性
在抗战时沦陷的上海
先生不惧日本大兵的淫威
那场面，那气势
多么像与虎狼野兽的对视

抗战期间先生喜剧双璧——
《称心如意》与《弄假成真》
《围城》受先生剧作启发而立意
1944年，钱锺书动笔写《围城》
平均每日五百字左右的进度
两年间，他"锱铢积累"地写
先生"锱铢积累"地读
先生笑，他也笑；先生大笑
他也大笑。妇唱夫随
笑书上的事，也笑书外的事
笑什么？夫妇心照不宣

1949年，他们安静地等待解放
难离难舍父母之邦的黄浦江
他们不愿去国。他们如此珍爱
祖国的文化、文字和语言

杨柳依依

1958年，先生受命重译《堂吉诃德》
先生忠于原著只可从原著直译
四十七岁的先生抽空自学西班牙语
先生自有一股子劲气和才气

钱锺书穆然清风，飘然凌云
先生雍容娴雅，举止可风
"最贤的妻，最才的女"
他们两人在一起是那么默契
自然而然的内心交流无时无刻
会心的微笑，温柔的体贴
直上哲学与美学的高度
赤子之纯出于悲天悯人的情怀
充满智慧，让人安心、温暖

死亡的大考降临先生头上
1997年早春，女儿阿瑗去世
1998年岁末，夫君钱锺书去世
世间好物不坚牢
一家只余先生一人
如何面对极度悲痛？
先生选择翻译柏拉图《斐多》
但愿灵魂不死

像战士一样，最后留下的
——打扫战场
垂暮之年，先生秉持
一家三口的记忆，祭起
如椽之笔

是在感受漫长岁月悉心经营的
温馨，和刻骨铭心的美好
其实也是在舔舐自己的
伤疤，和品砸滴沥不尽的泪水
先生一遍一遍抄《槐聚诗存》
追忆与钱锺书一起度过的
美妙时光和人间烟火

先生以老迈之躯，以发宏誓
之心，殚精竭虑整理钱锺书
采自百卉而酿出的花蜜——
八万多页的读书笔记
让流离颠沛、伤痕累累的
几麻袋笔记有了系统和秩序的
归宿——《钱锺书手稿集》——
七八十册皇皇巨著
使钱锺书成为完整的钱锺书
为读书人彰显一代宗师
成长的踪迹。泽被后世

先生给予社会不仅仅是关注
还力所能及地献力与社会
在夫君去世的孤寂中
先生将情感更多投向社会
先生关注教育和寒门子弟
2001年，先生将自己和
夫君的全部稿费
捐给清华大学基金会
一片赤子之心天地可鉴

先生孑然一身，羁留尘世
十七年，生命何其伟哉！
九十二岁时创作了《我们仨》
为女儿完成了遗愿
九十六岁时创作了《走到人生边上》
先生沉淀的简洁封笔之作
和风细雨，劝善说理
所见高远，所及人心深矣

百岁前后，先生更为彻悟
深知人间正道，一以贯之
勤而不怨，忧而不困，思而不惘
至终不易读书人的本色

苦身焦思，圆满至终
先生译得英国诗人兰德暮年的
《终曲》，恰作先生的人生
谢幕语——
我和谁都不争，和谁争我都
不屑。我爱大自然，其次就是
艺术。我双手烤着生命之火
取暖。火萎了，我也准备走了

2016年5月25日，先生
安然走了。一位思想者圆寂了
一百零五年，先生穿过生命与时代
重重关隘，将所有时空的际遇
晴和也好，阴霾也好，统统
转化为珍贵的精神结晶。先生
悠长的一辈子坚守读书人的

本真，以自己洁净的操守
点亮文化殿堂的灿烂神灯
成为人类百年的精神烛照
成为精神史上的新的心碑

再读《光明日报》2017年5月25日15版"光明悦读"，感慨系之，秉笔记之。

2018年9月7日

诗谢公刘先生为拙作《校园情诗》题签

走向诗国的道路崎岖崚嶒
每一步的提升都需要攀登
总以为早已经进入诗国的版图
其实一直在疆域外徘徊复徘徊

术业专攻没有捷径当有途径
可抵达，入门也须有入门券
修身，亦须师长领进门
那是1993年，高照的艳阳灿烂

先生题签的诗集出版了
先生复函对诗集做了梳理
先生列举了读后印象较深的
篇名。先生说，我挑得相当严

先生亲复的几封信笺我一直
珍藏。这些年经的看的悟的
太多的假，更感先生是一位真人
真知真情，诗格人格，高山仰止

每当我在诗的幅员跋涉困顿时
我便油然想起先生和先生的提掖
诗到底该怎么写下去
先生诗的主体不朽，魂魄不灭

2018年9月13日

永远铭记的事体

在今日"文学老人"的聚餐会上
满锐兄披露——
公刘先生的女儿刘粹说
公刘先生非常严谨
一生只为作品题签过
四次,《校园情诗》的作者
是幸运的第四人

是的,我非常非常幸运
是时公刘先生有病在身
右目失明,手抖颤
还能为我的书题签
先生说,相信满锐、梁南兄的
眼力和人品

今日我是第一次聆听这样的
"四人说",我顿时肃然起来
深深铭记先生的垂青与提掖
泪光中遥祭先生的在天之灵
我默诵先生的《旗誓》——
"那一天,当我停止了呼吸,
人民的旗将与党旗一道,
覆盖着我的尸体!"

2018年9月23日

杨柳依依

永生的名字

他是谁，时时叩响我们的心灵？
他是谁，思念像大海一样汹涌？
他是谁，牵动了共和国的中枢？
他是谁，留下了不朽的名字和音容？

他是杏坛泰斗，我们的一代宗师，
他是悬壶济世的天使，人民的好医生，
他是共和国的脊梁，中国工程院院士，
他是哈尔滨医科大学校园永生的明星！

啊，我们敬仰的名字——于维汉，
我们骄傲的名字——于维汉，
啊，旗帜一样的名字——于维汉，
峰岭一样的名字——于维汉！

这是攻克克山病的伟大名字，
这是与病区人民血肉相连的不凡名字
这是卓越的医学科学家医学教育家的名字
这是顶天立地的仁爱大医的光荣名字！

谁会忘记五十多个春秋与瘟神艰苦卓绝的斗争？
谁会忘记二十多个除夕夜在病区厮守寒冷？
谁会忘记他亲手解剖500多例患者遗体？
谁会忘记他同农民兄弟的亲密无间休戚与共？

谁会忘记这些永远鲜活的细节？
谁会忘记这些沉淀在历史里的细节？
当细节挺起脊梁的时候，细节还细吗？
当细节支撑人性的时候，细节还细吗？

这是1965年2月1日除夕晚上。
他走进病人李淑珍家里，心情顿时沉重起来，
病人不只是病情严重，还是临产的孕妇。
已经抢救到半夜了，他密切注意病人——
病人嘴唇微动，他帮病人翻身；
病人感到口渴，他起身倒水；
病人要小便，他端来尿盆。
病人嘴唇微微颤动，他想起兜里一个苹果
他问病人：心热不热，想吃水果吗？
病人说，夜深了，哪儿有呵？
"有，我这就打好皮了。"
他把苹果切成细块，用刀子挑着送入她口中。
病人渐渐安静些，他凝神深思。
夜太长了！病人盼黎明，医生也盼。
第二天又是夜晚，李淑珍要分娩
空气顿时紧绷起来，屋里有些瘆人
一旁的助手打破沉寂：抢救大人还是孩子？
他镇静地答道：既要妈妈，也要孩子！
这话千钧重，镇住了大家，也镇住了自己
10时58分孩子安全出生了
夜很寒冷，他看产妇被子单薄，
想把自己大衣脱下给产妇盖上，
但一看到处是血稍稍犹豫一下，
紧接着就把大衣给产妇盖上……

什么是大医精诚？什么是完全彻底？
什么是人民知己？什么是德术双馨？
什么是人生守护？什么是生死相托？
什么是心灵震撼？什么是刻骨铭心？
——这就是！这就是！

他和他的团队足迹踏遍全国 16 省区 309 个市县，
解除了 1.24 亿患克山病的后顾之忧。
送走瘟神精神爽，一座丰碑立在克山县光荣村，
多少个光荣村人人满面红光再不为克山病发愁！

他从死神手里挽救了那么多人的生命，
可是，当他需要救治的时候，
整个医学却无能为力了，
广阔的田野、山川悲痛地低垂了头。

最后的精诚大医走了，永远地走了
留给人间无尽的追思，无尽的怀念
留给世上一条永不泯灭的苍生大医之路
大地会深情地铭记一个永生的名字——于维汉！

2012 年初笔　2018 年 3 月改录

一滴泪水里的海

想起母亲，一滴泪水滴落了
浸湿了四十年的漫漫岁月
肃听国歌，想起田汉和聂耳
一滴泪水在眼眸里游弋
《松花江上》倏忽响在心头
有一滴泪水承睫而下
每读一遍不朽的《与妻书》
扑落的是一滴泪水

一滴泪水里有海
浩渺的海，深邃的海
包容日月星辰的海
心事错落又默默不语的海

2018 年 10 月 9 日

夏日，我找寻雪的影子

夏日，看不见雪的影子
雪，是在遥远的雪源做着凛冽的梦吧
现在说来要经历五个月的漫漫长路
才能抵达晶莹的雪乡

可是，现在就要我找寻雪的影子
要它冲凉这个盛夏的世界
让它飘飘洒洒，漫天飞舞
以银白的六出纷披人间

哦，有了，那是柳宗元独钓的寒江雪
采自千山无飞鸟
万径无人迹的绝地绝时
只是过于孤寒了

杜甫的西岭千秋雪雪象不泯
岑参的八月胡天飞雪比若梨花开
高适的千里黄云北风吹雁雪纷纷
李白的燕山雪花大如席

够不够解暑，或可备用？
罗贯中的雪，雪漫三顾中
施耐庵的雪，风雪山神庙
曹雪芹的雪，白白大地真干净

毛泽东的雪意十足取之不尽
千里冰封，万里雪飘
还有岷山的千里雪
朱德的雪太行十月雪飞白

雪自天庭来，雪自自然来
雪自诗篇来，雪自书中来
雪自历史来，雪自人文来
雪在古今，雪在岁月，雪在心中

2018 年 7 月 4 日

杨柳依依

读大学一本读书笔记

笔记题名——审美
扉页题记——
春天把花开过，就告别了

时间倏忽逝去五十五年
当年的一介大学生
此时的垂垂老叟
当年似乎满腹经纶
此时只求气定神闲
当年身临多少未知
此时蓦然回首无限感怀

捧起亦见苍然的笔记本
把审美一词深深追思
审美让人走向高尚
人要永远渴求美
美是发自生命内部的光

我铭记着多少大师的教诲
是列夫·托尔斯泰教谕
身边永远带着笔和笔记本
别林斯基看重真正的诗人
民族性的诗人崇高而神圣
这里面包含着不灭的光荣

思想消融在感情里，感情
又消融在思想里，相互消融
就产生了高度的艺术性
是高尔基早早提示
文学的第一要素是语言
朴素真诚地写自己的灵魂

我没有忘记伟大的追求者
这些伟大不朽的名字
前马克思主义高峰
赫尔岑
别林斯基
车尔尼雪夫斯基
杜波罗留波夫
曾经让我置换这些名字
总是无法取代我心灵的膜拜

2018年5月16日

你是我最美的相遇

大学时代，我们注定相识相知
你是我最美的相遇

因为与你的结识
我才有机缘结识那么多
光彩照人的倾国倾城的女性——
娜塔利娅，从《罗亭》款款走来
丽莎，从《贵族之家》面向人民
叶琳娜，在《前夜》她果敢无畏
薏丽娜，《烟》中她冷傲妖媚狷介
玛丽安娜，《处女地》上明亮的星
齐娜伊达，《初恋》令人无限痛惜
阿霞，啊《阿霞》，散放青春活力
吉玛，涌向《春潮》，酒窝美人痣
……

多少年过去了，心还在惋惜，她们
也是血肉之躯，让我长怀幽思

大学时代，我们注定相识相知
屠格涅夫翁，你是我最美的相遇！

2018 年 11 月 15 日

想起蓝最匹配的是蓝天

想起蓝，最匹配的是蓝天
海水，不是
蓝宝石，太贵族了
蓝领带，自是清雅
勿忘我，天样蓝
我少年日记里的字迹
苍穹一样的蓝
那本公刘先生题签的诗集封面
让我久久铭记的蓝——
天空一样的蓝
那件妈妈缝制的"游子衣"
晴霄一样的蓝

2018 年 11 月 21 日

文 宗

百岁悠悠,始见
胡适放飞
两只蝴蝶
卷帙浩浩,犹识
鲁迅指点
两株枣树

古远千秋
鸣翠柳,是
杜子美
两个黄鹂
千秋古远
惜衰红,是
白乐天
两朵牡丹

2018 年 11 月 26 日

大海的蔚蓝

文学课堂兴奋地赋予我
大海是蔚蓝的境地
诗美在我眼前展示的大海
闪耀着蔚蓝色的波涛，和
骄傲的美色

我儿时所见的大海——东海
不像蔚蓝的领略
我壮年时所见的大海——黄海
不像蔚蓝的视域
我年老时所见的大海——南海
不像蔚蓝的版图

巴金：海，一片深黑色
田汉：海波绿
雨果：大海，一切都是青灰色
奥斯特洛夫斯基：海，一片
伟丽而宁静的碧蓝

见海见色，见仁见智？

2018年11月26日

历史没有如果

历史没有如果
历史只有结果

谁都不能把如果加给历史
历史本身从来不推演如果

有人喜欢玩味历史
学者解析历史苦果

如果不是这样，后果将不堪设想
如果不是这样，历史将重新改写

历史就是历史
愿望只是愿望

历史经验教训值得记取
但是历史从来没有如果

历史没有如果
历史只有因果

2018 年 12 月 13 日

天空的蓝

天空的蓝是本色
不论蔚蓝、碧蓝
还是瓦蓝、湛蓝
蓝蓝的天上白云飘
天空可人

天空变色
天空黑起来，不是夜色
天空红了，不是霞光
天空黄了，不是防冷涂的蜡
风暴来了
炎炎来了
暴雨来了
天空狰狞？

何谓本色？
何谓变色？
历史记住
天空亦是两面

2018 年 7 月 17 日

始作俑者

在人们生活的某些领域里
在人们活动的一些时空里
可能没有出现英雄豪杰
但不会缺少始作俑者

有一种始作俑者
是那种为虎作伥者
有一种很自豪地站出来：
我就是始作俑者
有一种大始作俑者
只有历史知晓
历史惯常不语

2018 年 12 月 20 日

树叶常常想安静

树叶常常不得消停
树叶已经很疲劳了
树叶很想安静下来
是风不想安静

风制约着树叶
风从东边来,树叶颤动
风从西边来,树叶摆动
风从南边来,树叶舞动
风从北边来,树叶晃动
风来西北,风来东北
风来东南,风来西南
风变换着方位与力度
树叶不停地摇来晃去

树叶常常不得消停
这是树叶的宿命
树叶有什么办法呢
要么听命,要么脱落

2018 年 7 月 13 日

看 天

每天，总要看天
看天的脸色和气度
看天的意向和风色
不仅仅为了出行

天底下的人都看天
天哪能轻易看透？
有时以为变幻莫测
有时让人错度其腹

因为是天
天必然高致在上
何说高处不胜寒？
只因未在其位中

只要该晴天时晴天
需布雨时布雨
应有霜肃就要霜肃
人们会赞：这是尧天

2019 年 6 月 13 日

难得收到一封信

信，几乎在我们生活中消失了
手机这么方便
谁还写信、寄信？

罗礼大姐说要给我写信
是为儿从上海带回来的信
我就在等

我是大姐的倾诉者
大姐又是有很多话要说给我听
一想这事儿我就有泪光闪烁了

大姐是淞沪女儿，党的女儿
朝鲜战场上的英勇的女兵
新四军老战士所钟爱的女儿

五六十年的情分山高水长
永远的记忆，我的学姐和长姐！
我的诗是这一时刻披沥的肝胆！

2019年5月6日

西洲在何处

大学古典文学课的课堂上
《西洲曲》由讲义上了板书
我扫视一下教室
从同学的眼里捕捉了情的光芒

西洲在何处？
我设定放弃原诗的回答
我身在课堂心追西洲
用此刻的心境回答

西洲在何处？
在人的思念与向往处
在钟情的企望处
在两情缱绻处

西洲在何处？
在古典的茫茫里
在可望不可即里
在文学的造境里

西洲在何处？
每个人的西洲在宿命里
冯宇老师，我想循诗意和你的
指点，却不晓何处可纳雅意？

这是课堂的心理活动
今日偶然想起
历经五十八年沧桑
谁知依然鲜活如初

      2018 年 7 月 17 日

杨柳依依

杨柳依依

致晏文及诸位老同学

晏文,以你浑厚的声音
以你广如四野的胸臆
以我们六十余载锻造的
同窗之情和挚友之情
把那篇拙作《仰望崇高》
播向五月京华的灿灿时空

缪斯激动,眼睛粲然
岁月一怔,沉思起来
仰望崇高,膜拜崇高
仰望祖国、民族和人民
仰望真理、正义和伟大
仰望灯塔、华表和纪念碑
仰望旗帜、经典和未来
我们仰望同一种文化高度
我们有同一种人文情怀
我们有同一种孤独和幽思

2019 年 6 月 4 日

雨中去会宝大

出发时，乌云已经聚拢
一会儿，雨点打在我的头上
还是这个脾气
一经要办的事不愿放弃
于是，在雨中上路了
中兴路在那厢，雨雾蒙蒙中
听着雨敲车棚的幽韵
我不知道我意识到了什么

宝大的洞庭清茶淡淡生香
宝大的书序雨姿晴态总成奇
书已成，俯仰岁华如斯
华年与年华，一去不复返
意象和幻想经纬的一方织锦
交汇起拳拳红尘与心灵梵音
祭最初的倾心和最后的天真
忽现海水摇空绿。海水梦悠悠

雨声透过窗子砸在屋里
清凉的气流也造访这文学之屋
文学之题其实也不轻松
当然我只是捡拾一些贝壳
隐约的那个院落我们一直朝拜

杨柳依依

就是在那里我们忆梅下西洲
今日的雨仿佛链接了一个甲子
浣洗了我和我们的沙曼情怀

2018 年 6 月 12 日

题韩宗愈陈双大学毕业留影

结伴青春，结伴人生
多么美好，令人宗仰的一双！
依稀就是昨日校园里的风景
携手依依走过岁月的绵长

那日，始见你们的翩翩俪影
我的眼睛蓦地有了湿润
深为你们笃定的相互追随
深为你们勇敢纯真的初心

哪知你们在边城曾历经劫难
似是代我承受那场弥天风暴
毕业分配，我本答应那个边城
孰料于我初是测试，终是玩笑

半个多世纪在照片上迤逦淌过
诗也似的淹留，梦也似的蹉跎

2019年11月12日

花篮铭牌留下的记忆

一个鲜红不大的纸牌
签有阿成和震飚的大名
在我的保存中已历经十四个
秋冬与春夏
其中有我生死攸关的五载

我甫一从失觉中转来
他们就携来恳挚的友情，和
助生的力量，安慰在床前
见到他们，总有文学和美
倏然闪亮了压抑的病房

鲜花谢了，花魂还在，芳香
业已融进岁月
疼痛中我没忘保存红色的
铭牌，我把它夹进日记本里
夹进我再得的悠悠年华

年华悠悠，岁月匆匆
我像一个涅槃重世的生命
在兰月静好的书室里
我抚摸着阿成和震飚的作品
怀思二十多年的友情润泽……

2018年8月20日

读震威《无铭陋室——书房照》

我面对这一个书的世界
我领略书的庄严，书的肃穆

进入眼帘的是一排高大的书架
架上满满的书
书脊上闪烁着书籍名分的光亮
桌上有层次地置满了书
呈现震威工作的前沿
地下摞满了作为预备队的书

进入思绪的是一场场夜的光亮
这些文化文学之夜，这些历史之夜
这里的夜连着踏察和探访的足迹
许多灵感是在夜宵造访的
许多奇想是在夜境突破的
一切的生成都在这儿淬砺

进入心灵的是一室的书香与心香
这无铭的所谓"陋室"何陋之有？
这芝兰之室正是一本本书稿的产房
听得见江河言说，看得见人文荟萃
这里道出了这个城市的记忆与梦想
自关涉丁香奉紫，枫叶凝红

好一个思维之苦的牧场——书房
苦中有花、有果、有乐，乐在苦中
这个书房和震威的内心一样柔软
唯有柔软的心才会这样人性和悲悯

2018年7月16日

再读《羁留故乡》怀柏松

当我再次读起《羁留故乡》的时候
军旅诗人林柏松兄弟离世已有年了

这是一首发表在《诗刊》上的诗
那是 2006 年的冬日 2 月号下

柏松把故乡写进诗句,故乡每一条
水系,都湿漉漉地汹涌着他的记忆

是的,世界很大也很辽阔,但唯有
故乡溶于情感———一如我的情感

读诗的时候,我眼前浮现柏松的背影
那是一位疼痛站立写作者的生命雕塑

他在难以忍受的病痛炼狱般折磨中
却把诗美与诗义一篇一篇献给愉悦

他走的时候很突然,也很坦然
告别世界需要不凡的勇气,他有

他灵魂一定从牡丹江鹤游到他的故乡
在那唤作伦河的地方永远安息下来

他那些沉重的思索仍在他的灵魂深处
他是一位激情的诗人，也是位思想者

我为他作的书评字字还在，诉说着
人间的真诚友情，让我怎堪回首往事？

         2018 年 5 月 23 日

花的凋谢

被叫作花的自然物
从含苞欲放到盛大开放
进入生命的巅峰
花朵骄傲过吗？

花开放过后走向衰微
一条向下的不归路
枯萎的时日难熬
花朵悲哀过吗？

花朵的告别时刻来临
把剩香最后撒落人间
那浑圆的种子是子嗣
花朵溘然凋谢了！

昨夜闻说东君去了
想到先走的诸君
物伤其类能不怅然若失？
一生如花情长失语

2018 年 10 月 18 日

一个涓滴意念汇成了三本书

二〇〇六年早春的一天
友人庄重地提醒我——
可以写些散文诗体的文字
有机会或可成书
友人的话正中我意
于是就开始了我十年的抒写

十年抒写
从古稀直到耄耋
从不留宿到不留饭
孙儿从小学读到大学

每日我早早来到电脑前
开始我一早的功课
风吹草绿，也吹热了我的文字
雨润苗秧，也润泽了我的情思
日色光合，也生成了我的篇什
雪意洁美，也端方了我的心象

当年的一个涓滴意念
汇成了今日不菲的三本书——
咀嚼命运况味的《永远的彼岸》
诗情燃烧的《品读心香》
诠释自己初心的《俯仰岁华》

老伴伴我这十年不寻常
每天总是嘱咐我
不要累着，注意保护视力
每一篇文字都有她的参与
书出版时更少不了她的终审

没有友人当年播下的
一个美意一句美言
哪有今日的文字丰硕！

2018 年 7 月 5 日

题女棣的赠画诗

一帧花草图，一帧松鸟图
出自心侠的大器手笔
一帧绘就春和景明，一帧
竣于缤纷多彩多姿的金秋
我受之于众棣子的欢跃声中
我学春秋之笔记之以实

我素爱青青的春草附丽些许
淡雅的小花，也爱双鸟
和鸣相伴长松，是宗墨出句
智者长寿仁者无疆，是玉亭
装帧入模，在画意和画美中
我仿佛忘记苍苍老意在身

多少从前的时光从画面涌来
心侠和她同学正是嘉美年华
一种暖意在沉思中弥漫
我的视域开阔在这草色，和
这松岁继往开来的宁和中
除了雅意，我品味不尽禅意

2019 年 4 月 25 日

爱的伊甸　情的祭坛

　　谛听凄美哀婉的如泣如诉
　　凝视精准可体的花容云裳
　　剑胆琴心，曾经沧海难为水
　　兰风梅骨，除却巫山不是云

　　畅想得像是天造地设
　　意蕴只要悄悄走进内心深处
　　残酷得像是饮鸩止渴
　　命运只让化蝶作短暂的飞舞

　　什么是刻骨铭心？——这就是
　　什么是魂牵梦萦？——这就是
　　可悯的缱绻消融在太息之中
　　可惜的依恋凋零在决绝之下

　　美丽的邂逅折翅在情探高蹈
　　冲撞藩篱的爱陨落在藩篱上
　　爱也可悯，逝者抱憾终生
　　情也可惜，生者何可安宁？

　　　　　　2019 年 4 月 30 日读吟梦传记小说《情祭大西北》

致朗诵表演者

时维 2018 年 5 月 25 日上午
哈尔滨市文联的会议室
《丁香集》首发式
在丁香盛开的季节举行

大家为礼赞市花而结集
大家为结集而盛会
才气与华章洋洋洒洒
美感共诗意悦目赏心

此境，一位身着丁香底色
旗袍，修长身材的女士，你
在会场上显得十分醒目
度以你的服饰和气质、举止
于今日会上必有担当吧？

当进行到朗诵节目中
你果真出场了；我心一动
因为你朗诵的是我的小文
衣殿臣主编事后说，为给我
惊喜，他事先没有告知我

你朗诵非常之好，声情并茂
音色优美，婉转动听

咬字、声调、节奏十分得体
一展晴中风中雨中夜中霞中
雾中梦中诗中的丁香仪容

今时能够选中我的小文
又是你这位女士出色的表演
我会久久地记忆不忘
本想面谢，还是留下遗憾
失之交臂，你，不见了
遗憾是一种深长的记忆

2018 年 5 月 25 日

江小笠如期来访

静静的午后，在老屋
阳光像金子一样撒满
我小说中的人物如期来访
啊，江小笠
依然那么风姿绰约
依然那么魅力无限
她，来自青春，来自华夏
来自《青春与华夏》
她，来到六十年后
我，回到六十年前
我流泪了，在世事沧桑中
她流泪了，在往事意念中
我给了她生命与理想
她给了我艺术与眷恋
江小笠安详地坐在那里
手里展着一叠诗稿
在那组沙发前
我们默默地对视着

定睛再看，什么都没有了
梦幻一般，入了流年
她的信仰我的信仰，这般由来
但我不如她的教养，那般纯粹

2019 年 1 月 10 日

清晨我走向和平桥——给江小笠

清晨我走向和平桥
大地似乎刚刚醒来
还有些许惺忪的样子
这是 2018 年 3 月下旬的一天
面对一天天穿梭般离去
总是生发时不我待的感慨

竹影横窗知月上
花香入户觉春来

"什么时候你来看我？"
风中传来你幽幽的声音……
其实你不会走出
我永世的抚爱和呵护

我们是在大学校园结识的
那时你只有十九岁
岁月变迁，时光流逝
我已走近龙钟老态
而你永远留在青春韶华十九岁

"你的命名我喜欢"
你不止一次说给我
那巧笑倩兮的样子令人难忘

杨柳依依

那美目盼兮的情态瞬息永恒
你的存在是我终生的愿望

除了书虫，还有什么值得我是？
除了文思，还有什么值得我做？
陪伴我吧，我才安宁！
郢正我吧，我才从容！

2018 年 3 月 28 日

春 日

蛰伏一冬的诗思
随着冰雪的消融而复苏
有一点突然
有一点浪漫

收获无时不在
哪怕是无花的早春
因为心壤如初
每日都会催生成熟

不管明媚与阴晦
我都会珍惜和敬畏
自有芬芳跋涉而至
那是青春留有的执着

2018 年 3 月 26 日

我的世界有草香和书香

我的世界是芳香的世界
一年四季都有缭绕的馥郁
馥郁来自草香与书香
凝结成我的芝兰之室

在故乡本与草香结缘
我的小手也结上了腒子
种粮洼地上，草盛禾苗弱
那场大水把我冲到关东
于是把草香的乡恋带到了
少年，以及以后的春秋
我一生不泯喜爱草地草类
草香已在我的灵魂里驻节
于是我也同书香有了机缘
书香弥漫在我一年年岁月中
书香融入了我的生命和思想
我的世界不能没有书香
年长的时候我终于理解
草香是我永远的乡愁
书香是我永远的心仪
都是我此生此世的际遇

2018 年 4 月 19 日

书

书,在眼前
高耸,犹如山
书,在心中
起伏,犹如海
山与海
都留在老屋里
每天,我风尘仆仆
投奔老屋
或是攀山
或是涉海
亲近书的面影
领略书的抱负
花的绿野
果的世界
都在书中展开
都在书中产生
在时间之外
在心灵之内
人与书交契
读之,写之

2018 年 11 月 13 日

不尽的书意

书深如海
我用一双眼睛品你
你却用千双眼睛注视我

书重如山
我以一颗头脑读你
你却以千颗头脑启迪我

书义如侠
我凭一副肝胆交你
你却凭千副肝胆知遇我

书善如佛
我有一腔热血奉你
你却有千腔热血教化我

书慈如母
我将一份赤心事你
你却将无限春晖照拂我

书诤如铭
我把一缕怨艾诉你
你却把万千警语策励我

还有吗?
还有
书教如师
书挚如朋
书美如华
书彩如虹
书沉如夜
书虫如蝗
……

2013 初心,2019 年 4 月 23 日世界读书日修录

读 书

静
静到我能听到
人生道路上
我一直走来的脚步

净
净到心灵世界
不着半点红尘

敬
敬到顶礼膜拜
我梦中的文曲

境
境到佳美绝伦
我心流连忘返

2018 年 3 月 23 日

目 送

目送你的背影远去
直到和天上的雁列一起消失
那是一个凄清的秋日的傍晚

目送你的背影远去
直到和夕阳的余晖一起隐没
一颗湿润滴落在清凉的风里

目送你的背影远去
直到和少年的心事一起珍藏
偶然念起依然温馨我的心灵

2019 年 3 月 18 日

在茫茫书海之涯

在茫茫书海之涯
我有过一声惊叹：伟乎哉！
那是沙曼求学的岁月
书海的波光注入了我的眼眸

此后，我的眼眸交汇了书的
光波，海的光波，书海的光波
于是，扩充了我微乎其微的心海
我微乎其微的心海连接了书海

许多时候，我心海的苍茫来自
书海的苍茫，半个多世纪过去了
我仍记得曾经有过的惊叹
我从惊叹缓缓走向沉默和幽思

今日，我重新立"雪"书海之涯
有与同窗学友痛饮老白干的冲动
痛饮复长啸，长啸复痛饮
一声长啸穿越到青春年少

2019 年 3 月 7 日

散花的词典

一部《现代汉语词典》被我用散花了
散花已经多年还在为我所用
现在已是第七版了，我还舍不得丢掉
散花的第二版，像对老朋友一样珍重

一部词典翻来翻去几十个春秋
查遍里面的风雨雷电和云雾霜露
览尽典藏的兰蕙芳华和松柏亮节
也用心结识了微末的草类和青芒月色

这部词典以及辞海、辞源、逆序词典
还有同义词典、成语词典，一直为我
效力，大家齐心协力，从无怨尤
我每一本书，都有它们的指教与助力

这一部词典，曾是那样庄容秀外慧中
现在却是伤痕累累，哀哀书殇！
有初始必有终结，哪怕你是一部书！
今言书殇谢幕，就像事一位饱学师长

2019 年 1 月 3 日

彼 岸

为什么要攀登？因为山峰在那里
为什么要跋涉？因为彼岸在那里

为什么要英勇？因为关隘在那里
为什么要顽强？因为彼岸在那里

为什么要求是？因为真理在那里
为什么要求美？因为彼岸在那里

为什么要破解？因为历史在那里
为什么要皈依？因为彼岸在那里

永远的彼岸在哪里提振世事？
永远的彼岸可有那人间烟火？

永远的彼岸在大地爱的怀抱
大地永远不会失去人间烟火

2018 年 12 月 26 日

我又开始写诗了

我又开始写诗了
说这话应是 2018 年 3 月底
那是春来的日子
《俯仰岁华》待出的时候
已经十七八年疏离了缪斯
诗之笔封起不可谓不久

我又开始写诗了
这话说给谁听，谁会在意？
我只说给自己
说给自己诗书扶掖的灵魂
说给自己付之以行的决心
还有属于我的一个个来日

我又开始写诗了
眼前已是不菲的一摞了
总有仿佛试图牵挽情思
总有依稀可以镌刻岁月
一片片烘托黄昏的霞彩
在人生的天幕上深情眷恋

2018 年 12 月 26 日

这一天，阳光多么灿烂

这一天，阳光多么灿烂
这一天，冬日的小阳春
阳光把屋子照得通亮
我在阳光下沁出点点的汗水

阳光在荧屏上如此明亮
眼力和心力都异样的清晰
我把词语一个个嵌入荧屏
就像稻农插秧的那份感觉

从前，年轻的时候
想不到年老还有这份闲心
冬日里汗水涔涔地打磨
一个个不那么看好的劳什子

阳光下的认知也当律己
汗水里的情愫也会审美
我也不信这高雅只是高人的
我也不信这唯美只是美人的

2018 年 12 月 19 日

文友赠予的书

出书不容易
且不说写作的才气
且不说埋头的执着
且不说完稿的艰辛
且不说财力的支撑
且不说出版社的抵达
且不说三审的通过
且不说校对的精心
且不说印制的事竣

那么，说什么呢？
一言以蔽之——
出书真的不容易！

当我从友人手中接过
一本带着浓浓墨香的新书
我首先体恤个中的苦辛
苦辛连着的一颗苦心

寂寞的是书香
清静的是书香
不寂寞不清静
只有成书到手这一刻

什么苦辛,什么艰难
什么心血奔流
什么银子打了水漂
就一个字——值
何况还有这口瘾

2018 年 7 月 11 日

顶着露珠的小草

一棵棵小草顶着一颗两颗露珠
精神抖擞地站在早晨的阳光里

风儿问小草,你知道珍珠吗?
小草快意地说,露珠就是我的珍珠

风儿看着小草,摆起见多识广的样子
说,珍珠那是人间女子的饰物

小草叹了口气,我们草莽生存第一
露珠的滋润正解了我们的渴求

风儿还在絮叨——珍珠价值昂贵
一颗就可以换来无数露珠和水滴

小草摇摇头,露珠闪烁着七彩光芒
我们命贱,相信天然的自然给予

2018年6月28日

微笑的给予

微笑给谁
都不要轻易
给自己

微笑给自己
太奢侈了
微笑给自己
过度自信了

微笑
乃赠予之物
微笑
非自恋之物

当自己
战胜自己时
微笑一定
奖给自己

2018 年 6 月 27 日

印好的书

印好的书回家了
从印刷厂回来的
仿佛产下的孩子
从产房回家了

重新端详着书
就像打量自己的孩子
孕育的过程多艰难
怀胎几个十月？

产程加入了等待
径入了不确定性
熬是必不可缺少的
孩子，我得好好待你

回家的孩子觉多了
你需要再睡些时候
还是梦里好
梦里的世界多彩

2018年6月11日

诗 旅

几十年诗旅跋涉
迤逦而来

一行一行
断断续续课守如今
说不上执着
只是我要走我的路程
阅尽一年一年诗刊
消解不了我向诗的心

那些路标和里程碑
几乎占满道路
佼在丽日的光芒里
媚在皎月的辉耀里
谁也抗拒不了时间
即使现在红得发紫

云间谁寄锦书来？
问人间情是何物？

2018 年 5 月 4 日

样书出来了,《俯仰岁华》

期盼的事,终于到了这一步
一步一步走来,用了众多时日
抒写的时间,校改的时间
沉淀和冷置,还有纠错的时间
还好,文字没有加速我的苍老
激情一样的东西内心还有贮存
春风不只忙于吹绿百草
春风拂暖我的书页,让我笑

艺术儿,现在还不是拥抱的时候
虽然我一直向往可人儿的诞生
还有许多事要做,总须减少遗憾
虽然遗憾似乎是不可避免的
许许多多的字都找到自己的位置
有些没有位置神情自然暗淡去了
完美常常是不切实际的奢求
向日葵依然是凡·高画得别有意境

我还沉浸在笔下的青青草地上
忘了今夕是何年,风从何处吹来
现在我依稀从本本中走了出来
掂掇起有形的维度和无形的痕量
春日的阳光是安然的和煦的
这就足够了,静待书的完整产程

2018 年 4 月 26 日晨

书如红豆最相思

谁心目中没有几本这样的书？
是很少的几本
多了就泛爱了
泛爱者就不钟情了

是关乎理想境界的？
是关乎凛然大义的？
是关乎生死情恋的？
是关乎智慧韬略的？

言说千古故事？
坚挺不朽人物？
明晰永恒至理？
俯仰珠玑妙语？

书如红豆最相思
一寸相思一寸丹

2018 年 4 月 16 日

写诗时，不都是快意的

写诗的时候，哪里都是快意的？
其实恰恰相反
写诗快乐，往往说的是成篇的
那一刻，还得加上自我满意
写诗快乐，有时说的是灵动的
时刻，诗句喷涌而出，甚而
鸡窝里飞出一个金句
一扫苦吟之气

写诗茹苦，苦思苦想，苦熬
时光，没有目标，熬不了这苦
有了目标，就得煞下心来熬苦
一词一句苦中求，涩中索
七步成章，倚马立就者，有
也就史上几人，现实未之见也
苦，从来难不倒矢志于斯者
苦中自有金不换的真善与美

诗篇，献给内心的慰藉，也美
诗篇，献给崇高的所向，最美

2018 年 11 月 7 日

采撷心海涌动的浪花

心海不平静，总是涌动着一波波
浪花，年深了，浪花仿佛也有了
气数，一个追逐一个，一群追逐
一群，凋谢了，再生发
由生发到凋谢，或由凋谢到生发
只是瞬息之间，间不容发
每一个浪花都是思绪的一次闪现
都是情愫园里的一枝一叶
或是小到苔花的一枚花蕾
把握住了，就是一个金色的意念
我的小诗小文，短语短构，以及
断篇断章，许多是在稍纵即逝中
采撷而来，把一个个不起眼的
意念，导引成波涛，汹涌为篇
凝神聚思，我就会踏浪走进
情境，欢会缪斯，畅聆诗教
静静地，什么奢望也没有
一些远远近近的往事和逝水
迎面走来，可我回过神来，看着
高升的太阳，突然情思畅达起来

2018 年 11 月 1 日

从我笔尖划落的词语

一个一个词语从我笔尖划落
有时兴奋,有时带一点感伤
这些有温度有密度的词语
在维度的掌控下——就位了

词语,有时就像冲锋陷阵的
战士,从壕堑里一跃而出
动如脱兔,有时又像穿插的
士兵,纹丝不动,静若处子

有时仿佛用兵布阵中的斟酌
牵一发而动全身
有时,我已没了怦然心动
于是,词语势利地离我而去

要笔尖下集结词语,心尖
就该葆有热度,敏于生活
难以驾驭的词语,一经出场
那会是出彩的时候

2018 年 10 月 25 日

岁月如斯夫

岁月有时就像
伏在牛背上的老子
出关不知所之
岁月有时就像柳柳州
在万径人踪灭中
独钓江雪

岁月有时如同
来到鲁迅先生的后园
看那两株树
一株是枣树，另株也是
岁月有时如同
读胡适博士的两只蝴蝶
蝴蝶不在花间

岁月有时却是
正十七边形
高斯用圆规和直尺的解
岁月有时却是
茫茫夏商周的断代

岁月有时仿佛
登上蒲公英的小伞飞翔
跨过大海直薄云天

岁月有时仿佛
等待一位豪杰
历史也在等待
岁月有时只待
你的一个微笑

2018 年 10 月 18 日

老屋的时光

我珍视流连老屋的时光
老屋的时光那是真金白银
但是供给有限,每天我必须
像只有几个铜板的老婆婆

目标确定之后,第一要义
就是坚持,没有坚持什么都
没有,包括诗行和文字
包括从词语到句子,到篇章

坚持从来就不是轻松的漫步
坚持常常很艰辛,牛样负重
有时还要空抛心血和汗水
像播在石头上干瘪的种子

老屋累累的书册历久有了
灵气,时不时对我目语:
我们都是哲师坚持的产物
我以坚持报答典籍的教诲

2018 年 10 月 17 日

安慰一枚落叶

一枚叶片从秋日的树上
落下,像一个仪式
仪式结束,叶片成为落叶
风说,这次它没有参与
这样叶片觉得全是自身的
缘故,自然就是一种安慰
其实,这枚新的落叶
看看已是落叶的同伴
还能有什么不切实际的
想法?大家都是这样自然的
变化与存在,落叶就是落叶了
必须承认这个宿命

我也是一枚落叶
我知道落叶是不需要安慰的
如果一定要安慰的话
就说,落叶曾经是一枚绿叶
其实,这样说也是一句废话
据说安慰的话往往是废话

2018年10月11日

孤独的词语

词语，在被"笔者"选用之前
在词典里，在脑海里
在宇宙万物万象上
在未行的思维里，是
孤独的

词语，在结成句子
进入篇章之前
在比对白云生处时
在斟酌遴选中，是
孤独的

孤独的词语
自有性格和品格
它们不想落俗套
更不想被错讹
宁愿孤独地存在

它们常常秉持——
我是"这一个"
它们愿为悦己者容
愿雪中送炭与锦上添花
愿尽其善，更尽其美

词语，唯其孤独
方显其凛凛不可亵渎的
尊严。山高水长
词语的尊严何尝不是
民族的尊严！

       2018 年 10 月 10 日

蜜蜂也有郁闷的时候

蜜蜂多么辛劳，多么无怨
自觉约束自己，从不乖张
为了酿造一克花蜜
需要飞遍多少难及的山野

然而，蜜蜂也有不快的时候
无端的被指责——
为什么采那么多的花？
为什么要把人比下去？

蜜蜂也被无形的挤压
劳作已经让劳作者疲惫
还要施以精神的折磨
快乐的蜜蜂也郁闷了

蜜蜂啊，谁都有郁闷的时候
连皇皇伟伟的造物主都不例外
记住这一点就好啦
你就不会真的郁闷起来

2018 年 10 月 10 日

读书的灯光

这个夜，散开的灯光
洒在书本的
字里行间
洒在一个词语一个词语的
情致和别致里
是我咀嚼意味的时候
瞥了一眼静好的灯光
我看见一只蝴蝶
(应是书香引来)
在夜的枝头旋舞
舞进依稀中
一低眉钓上金句
一树梧桐，一树梧桐影
好梦无端，好梦无端醒

书香来自心香
灯光即为时光

2018 年 10 月 8 日

杨柳依依

一片月辉进入了心灵

是时，一片月辉
进入了我的眼帘
我的思绪好像注意了一下
又好像并没有在意

其实，月辉不是为了谁
月落也不是为了谁
月升月隐，像
日出日落，草绿草枯
没有一丁点携带的
守望和系念

如若奉得谁的注意
谁的感怀，和
幽思
这片月辉是
幸运的

我们的人间
有许多许多，直言之
太多太多的
升与落
荣与枯
只有那一片月辉

杨柳依依

在某一时刻
映入了谁的眼帘
那片月辉是幸运的

此时此刻，面对这一片
月辉
我特别注意了
给予它
一片幽思，和
进入心灵的
礼遇

2018 年 10 月 5 日

秋雨点击我的思绪

常常是思绪点击我的键盘
此时是秋雨点击我的思绪

我的思绪和树叶一起，和
草木一起，为秋雨点击
我的思绪和清凉一同，和
大地一同，承受秋雨点击

一片树叶落进我的思绪
让我默默领受树叶的绝唱
一片清凉浣洗我的思绪
让我深深感悟清凉的命意

2018年9月29日

寻觅挺进心灵腹地的诗

许多诗甫一打眼
就止步了
休想再前进一寸
在心灵的窗外
被毫不犹豫地舍弃

诗想分辨振振有词——
我来自名府
我出自名手
我的气韵红于二月花
我的妩媚胜于红豆最相思
我是诗之玉女
我是诗之骄子

挺进心灵腹地的诗
不靠自诩的冠冕
不凭圈内互签的派司
不认易得的名分

挺进心灵腹地的诗
诗的血，诗的泪
诗的人性，诗的觉悟
诗的震撼，诗的痛感
诗的孤独存在

寻觅挺进心灵腹地的诗
并非易事
须以荐轩辕之血意
把心灵之窗
擦拭明亮
以就初拔
心灵的柔软部分
会同
心灵的坚硬部分
最后定夺

2018 年 8 月 14 日

早晨读《诗刊》一首绝句

早晨，来到老屋
打开《诗刊》，信目所之
蓦地，一首绝句跳入眼帘——
感君相送意拳拳，
纤手稳操方向盘。
知我有言还欲吐，
空街故绕两三圈。（金中《车中》）

读诗，仿佛坐进车里
仿佛就是那个坐车者
仿佛正在街市绕圈圈
仿佛成了那个写诗者

此时，一连串鸟的叫声
打破了心海的想入非非
感君诗作拳拳意
启我混沌情境时

2019 年 6 月 17 日

因为我是小草

因为我是小草
什么我都能忍受
有立锥之地就很好了
干旱和水浸我都不怕
有点阳光我就绿意葱葱
我从不知什么是疲劳
我能负重负得辛苦
我能忍饥受冻面对酷寒
我把经历的一切看作是
锤打、锻造和磨砺
所有都是成长的必由
所有都是此生的际遇

因为我是小草
我有我的信念——绿
绿在脚下,绿遍天涯
我不卑微,我有尊严
我有内心的强大
我有同类相互的支撑

因为我是小草
我是单一的绿
我喜爱山花野卉
五颜六色的芬芳

我情愿烘托花的美丽
听一阵阵虫鸟的礼赞

好像我就是这样
这样——然后，我就
走进大学的课堂
负载般吸纳书香
（我从没有忘记草香）
一个七月的暑日，我
别却松江之滨的母校
走向人生新的职场

2019年6月6日

天空阴郁不是我的心情

云花暧昧，太阳隐匿
天空像是忧郁的孩子
在这早晨六七点钟的时候
一片云改变了风景

一片云给天空带来了忧伤
天空呵，你不是一个
没有经过历练的孩子
你的定力和心智哪去了？

天空阴郁不是我的心情
风雷雨雪是自然的自然
我已有了老者宁静的心

天空啊，可此时落下的
不是你的雨水
却是我的泪水

2018年9月28日

诗作业

去年春天开始了诗作业
从清晨一词一句打磨
雨滴、露珠、霜华、雪片
自然而然进入了诗行
云朵、青草、落叶、朔风
作为意象建构了诗思
往事的碎屑,眼下的由头
瞬间牵引着情愫直下沧溟

每一首诗里都安放了时间
每一时间都定定地锁住
像从前过往的时间一样
一步步走向能拥有的苍老
这种诗作业真的很美,我
兴奋着一个个从前的瞬息
追回了片刻的少年身
追回了须臾的青春思量

2019 年 5 月 10 日

电脑前的自语

你是司马相如？
你是涅克拉索夫？

你以为诗那么好写呀
直抒胸臆，信手拈来？
你有独具的胸臆吗？
你信手拈得起来吗？

你可以呼来独创性的
意象并驾驭之吗？
你会以自己的视觉
观人心、物心、世心吗？

你懂诗的内核吗？
你懂什么是在场吗？
你有诗的禀赋吗？
你趁诗家语吗？

我只有一颗
通感而柔软的心

2018 年 4 月 11 日 14 时半

心影最是难描

万物皆有影——
日有日影，月有月影
花有花影，树有树影
人有人影，心有心影

看吧——
山头塔影，水心云影
华灯虹影，波光萍影
霜红枫影，雪染松影
日移木影，风扫卉影

想吧——
眼吊泪影，唇抿笑影
翩翩身影，历历家影
真切人影，依稀心影

　　　　人的视觉器官长，不是眼睛
是心。心影最是难描
心影隐隐，心影闪烁

2019 年 7 月 3 日

光的享有

阳光，在云空上，在树叶间，在书本上
在内心的柔壁和情思里徜徉，笑容灿烂
我在阳光里

月光，在夜幕下，在花影中，在小路上
在红尘的静谧和安详中坚守，默如处子
我在月光里

霞光，在夕晖中，在孤鹜旁，在西窗外
在唱晚的歌声和图景里娇美，情动于衷
我在霞光里

星光，在天幕上，在海面上，在记忆中
在人生的途程和关隘里照拂，铭刻永远
我在星光里

灯光，在学程上，在攻书上，在求索中
在术业的专攻和文字上堆码，如日朗照
我在灯光里

泪光，在壮怀时，在悲悯中，在感恩里
在良知的训育和升华中潸然，与命同贵
我在泪光里

时光，在花开时，在云动中，在水流里
在万物的荣枯和沉浮中见证，概莫能外
我在时光里

2018 年 10 月 8 日

后 记

　　这部诗集所收录的诗作，是我在 2018-2019 年所作。好久没有这样集中一段时间作诗性思维了。已经到了生命的黄昏，或曰这是黄昏之作；已然君临心灵的静境，或曰这是静境之作。

　　何以为诗？诗能以最快的速度与最短的距离，进入生命存在的核心。这是因为诗具有高视力，能看到世界上最美、最精彩乃至永恒之物。

　　在动笔的日子里，在蓝天下黑土地上，感受风儿拂过发际，似乎示意，诗意地栖居也罢，适意地栖居也罢，失意地栖居也罢，请记住：岁月在行进，时光不回头。

　　写作的历程自是可感可触。

　　世上有些启示、有些念头、有些灵感，来自一朵花的绽放，一片叶的舒展，一滴露的浑圆，一只鸟的飞过，还有坚持到底的加入。

　　世上有些发现、有些提升、有些结晶，来自一个词的点燃，一句话的拷问，一层理的剖析，一颗心的发动，还有百折不回的参与。

　　一件轻如鸿毛的往事，为何能耐得住岁月的消磨，突然在饱经风霜者的心头浮起，闪入诗中？

　　一句普普通通的话语，为何能经得起时光的淘漉，蓦地在垂垂老迈者的脑壁示现，化作诗句？

　　文道诗道，道道有道；日常平常，常常非常。

　　诗和远方，都是让人心仪的事物。诗和远方融为一体，更让人向往彼岸。诗和远方，精神的新壤，心灵的方舟。诗和远方，是生命向生命亮起的讯号，是心灵向心灵发出的呼唤。是和远方，与其说是一种境界，莫如说是一种向往；诗和远方，与其说是一种向往，莫如说是一种信仰。走进心灵，请倾听心灵的尊严；走进尊严，请体味尊严的高洁。

写诗者应是情义之人，有一颗火热的诗心，有真性情与大胸怀，孕育独有的诗情，催生有光芒的诗章。要如此，必须植根于民族和人民，是为祖国忠贞儿女。

为什么命名《杨柳依依》？杨柳是中华大地最质朴的树种，代表着树的芸芸众生。春之日，笑望杨芽案前碧影，卧听柳眼窗外绿风。

诗三百篇最美的句子当为"昔我往矣，杨柳依依……"我膜拜这亘古不灭的诗句，肺腑油然，胸臆沛然。我会向隅而痴于诗词渊薮潜觅杨柳俪影。

多少岁月，在杨柳依依的时候，面向苍穹，憧憬未来，哪怕赤着脚，哪怕一文不名，也感到那么富有，因为胸怀大自然，身依大自然，因为未来在召唤，因为将有许多的开始，有许多的担待。

然而此时此刻，不约而来的是长长的慨叹，曾经的生命原色，曾经的学子本色，曾经的青春生色，曾经的瞩目角色，曾经的无边春色，都如曾经的杨柳一样，化作记忆与留恋的标识。何处梦醒今宵？新月晓风杨柳岸。

我要特别感谢王宝大君，是他第四次为我的书作序，真的是再三再四。王宝大君原为哈尔滨师范大学中文系写作教研室的教授，是我的前后期老同学，老朋友——芝友、直友、挚友、至友。是他看护我写作二三十载。

为使本书打造得有模有样，哈尔滨百悦兰棠文化传媒有限公司吴洪岩总经理及其助手，再次精心策划，专业劳顿。对于他们的热心和真诚，深表谢忱。感谢出版社和责编，谢谢他们的辛勤劳作和诚挚的帮助。

此书打造之时，正是中国人民在中国共产党的坚强领导下，万众一心，众志成城，坚持生命至上，人民至上，不惜代价，挽救生命，取得了新冠病毒疫情的决定性胜利。我们自豪，我们是中国人！

  诗集中有《致我的万子幻方十四行诗》，《万子幻方》是我 1958 年 2 月读高中二年级时所创制，已历一个花甲多了，此次，由好友房伟男君摄影，让其身影栖居此书之中，亦为一个纪念。

  每一次出版书籍，都离不开妻子儿女的支持和付出。

作者谨识

二〇二〇年五月杪